桃花源

启真馆 出品

启真·文史中国

〔日〕川合康三　著

赵力杰　译

桃花源

中国的乐园思想

ZHEJIANG UNIVERSITY PRESS
浙江大学出版社
·杭州·

图书在版编目（CIP）数据

桃花源：中国的乐园思想 /（日）川合康三著；赵
力杰译 . -- 杭州：浙江大学出版社，2025.4. --（文
史中国）. -- ISBN 978-7-308-26031-2

I. I206.2

中国国家版本馆 CIP 数据核字第 202547GY51 号

桃花源：中国的乐园思想

[日] 川合康三　著　赵力杰　译

责任编辑	伏健强	
文字编辑	王　军	
责任校对	张培洁	
装帧设计	毛　淳	

出版发行 浙江大学出版社

（杭州市天目山路 148 号 邮政编码 310007）

（网址：http:// www.zjupress.com）

排　　版	高碑店市格律图文设计有限公司	
印　　刷	北京中科印刷有限公司	
开　　本	880mm×1230mm　1/32	
印　　张	4.25	
字　　数	95 千	
版 印 次	2025 年 4 月第 1 版　2025 年 4 月第 1 次印刷	
书　　号	ISBN 978-7-308-26031-2	
定　　价	49.00 元	

前　言

乐园之梦

　　人，只要生于世上，便免不了经受种种困苦。肉体之痛苦，精神之懊恼，苦难纠缠不绝。即便是每日其乐融融，可这安稳又能持续多久？这世界，身边的人，甚至自己，今后会发生些什么，殊难预料，心底里则总会隐隐怀有一份不安。

　　人，当被不安萦绕时，当被苦难摧毁时，便会梦想能有一个极乐的世界，以此获得片刻慰藉。乐园之梦，由此而生。

　　无论何时何地，人们都会对乐园满怀憧憬。但谁都清楚，这终究不过是梦，无法成真。于是，在乐园之梦里，隐约透出悲凉，伴随着些许甜美，一缕缕绝望在四处游走。

　　归根结底，梦想着有一个乐园，不过是为了逃避现实。想追寻另一个不同于现实的世界，是人的基本欲求。"哪里都好，只要不是这个世界，哪里都好"（夏尔·波德莱尔，《巴黎的忧郁》），理由虽各异，但去远方世界的想法则是谁都会有的。现实的各种思虑和脱离现实的梦想，二者交织，组成人的一生。

　　进入非现实世界的手段，诸如听故事、唱歌、赏画作画，多种多样。乐园之梦也是驰骋于非现实世界的一种手段。在这个想象的世界里，轻松的思绪伴随着快乐。就这样，悲喜交加的乐园之梦便形成了。

乐园究竟是什么？简单说，是有乐无苦的地方。苦乐程度各有不同。对于生物来讲，可免受饥寒，可维持生命，是比什么都重要的基本条件，这也是人们对乐园所要求的首要条件。若能从苦难中解脱，自然可获得相应程度的安乐。能满足衣食等物质充足的需求，能从物质充足中获得安乐，方可谓乐园。此外，除了物质提供的安乐之外，在乐园中还必须能获得精神上的安乐。

"乐园"一词，并非源于中国。"独乐园"也好，"偕乐园"也好，这些名称均是园林之名，即"独乐之园""偕乐之园"的意思，"乐"和"园"并非一个词组。当然，这两个园林之名中的"园"字，包含着"乐园"这一概念的一些本质，但却无"乐园"之语。现今所谓乐园，一般认为源于西方词语 paradise 一词的意译。

paradise，源于波斯语 pairidaēza 一词，词源 pairi 意思是"周围"，daēza 指"围着"。该词意思是王侯贵族为狩猎而将猎物丰富之处围起来的地方。另外，根据让·德吕莫《地上的乐园》（日译本《地上の楽園》，西泽文昭、小野潮译，新评论，2000 年）[1] 一书所述，古波斯语中的 apiri-daeza（被墙壁围拢的果树园）一词，被古希伯来语写作 pardès 而吸收，后又同古希伯来语中被赋予

---

[1]　让·德吕莫（Jean Delumeau，1923—2020），法国著名学者。《地上的乐园》（ *Le jardin des délices* ）是其《乐园的历史》（ *Une Histoire du paradis* ）三卷系列的第一卷。——译注。（以下本书所有注释除非特别注明，均为译者注，不再一一标注。）

"庭"一义的 gan 联系在一起，被写作 paradeisos。

成为乐园的条件是什么？依据 paradise 这一词的由来，多少可看出些端倪。那就是被围起来与外部隔离，而内部可确保安全之所。这便是成为乐园的基本条件。果树园，或是狩猎场，则可以理解为食物充足，不会受到饥饿的困扰。而且，狩猎场还兼有享乐之用。paradise 一词所体现出的乐园之条件，可谓与世界各处乐园之形象从根本上是相合的。

提到中国的乐园，则人们大多会首先想到桃源乡。陶渊明在《桃花源记》一文中描绘的桃源乡，被认为是最典型的乐园。桃源乡，在中国被称作"桃花源"，可谓是"乐园"的代名词。

桃花源虽广为人知，但令人备感意外的是，与之相似之作或相继之作却少之又少。甚至说《桃花源记》是唯一一篇描写典型乐园的作品也不为过。原因何在？这或许反映了一些中国文化的性质。虽然中国人也向往过一种不同于现实的人生，但这个向往却不在桃花源。

它在仙人居住的世界。成仙则可长生不老。任何人的生命都是有限的，任何人都想避免死亡，免于生的有限性和死的必然性也是任何人都渴望的。只要成仙即可不死。人们渴求升入仙界成为仙人，享受永生（第一章　仙界的梦想）。

话虽如此，但神仙世界真的存在吗？对于仙界的希冀，始终在实在和非在间徘徊摇摆。在现实中，比较可行的手段之一就是隐逸。从公家世界抽身而退，去过无拘无束的日子，只要有这份心思，则隐逸未必不能实现。中国的隐逸，是与作为官吏参与政治、行政的生存方式，即仕官，相对立的。中国的政治和文化是由士大夫阶层主导的，对于他们来讲，"官"，既有权力又有义务。这与日语中"官"指公务员之意大为不同，公务员被认为是公仆的角色。但在古代中国并非如此，官被认为是获得荣华富贵、手握大权之人，中国的社会是被少数人支配的。

官员人数有限，并非所有士大夫都能为官。但一朝为官，便知官场内的污浊，便生出对于金钱和名誉的无穷欲望，生出直面欲望时内心的斗争。于是开始厌恶、反感，渴望脱离官场，追求充实快乐的生活，这也是士大夫都抱有的一种想法。仕官和隐居，常存于中国士人精神生活的根底。就算现实无法归隐，但这念头从未断绝（第二章　隐逸的愿望）。

仙界和隐逸，形成了中国式的对"另一种生存方式"的追求。两者都是追求非现实世界，这一点则与乐园思想相通。

另一方面，有一种更加接近乐园的观念——"乐土"。"乐土"一词首见于《诗经》，可见当时已产生乐园的观念，但它只表现了对于乐土的追求，并未具体描绘乐土的模样，其后也未见乐土观念发展的迹象（第三章第 1 节　乐土）。

"鼓腹击壤"一词，或可看作乐土的一种形象化表示。说的是上古尧帝之时，老人边拍肚子边拍地面，歌颂太平盛世。这甚至与尧的存在无关，只是表现了人们对于简单生活的满足。最高级的治世，在于人们感受不到为政者之所为，无为而治最为理想（第三章第 2 节　鼓腹击壤）。

进一步具体描绘理想之国的是"华胥氏之国"和"建德之国"。这是两个时代离我们异常遥远的共同体，也被称作"无何有之乡"。与西方的乌托邦类似。乌托邦，因托马斯·莫尔（1478—1535）的名

著《乌托邦》(*Utopia*)而广为人知。此词一般认为是源于希腊语
"ou(无)+ topos(场所)"。另外，utopia 一词也可以写作 eutopia，
因此这一词的来源也可以认为是"eu(好)+ topos(场所)"。现
实中不存在的令人满意的场所，就是乌托邦。正如塞缪尔·巴特
勒(1835—1902)所著乌托邦小说《埃瑞璜》(*Erewhon*)，乃是
"nowhere"(乌有乡)一词的字母颠倒顺序，是以不存在之地来命
名全书的。中国的"无何有之乡"，也称作"无有乡"，意思是"不
存在之国"，正与乌有乡相似。看来乐园终究是想象的产物，东西
方对它的命名便揭示了这一点(第三章第 3 节　华胥氏之国)。

　　西欧的乌托邦，中国的华胥氏之国、建德之国、无何有之乡，
这些所谓的"国"，与乐园之间还是存在一些差异的。虽说两者都
是"有乐无苦"之所，但乌托邦是一个更重视使"有乐无苦"变为
可能的共同体，这一点在乌托邦的社会形态中占据重要位置。而乐
园更追求个人的安乐。如果追溯乐园的原型——伊甸园，就可以看
到那里只有亚当和夏娃两人。集团和个人，两者本是相互依存不可
分离的，只是乌托邦和乐园在两者的偏重上存在差异。

　　乐园不过是想象中所憧憬之所，但也有在现实中修筑乐园的尝
试。我们身边可以见到的乐园便是被构建的一座座庭园。庭园主人
希望把它建造成另一个世界，从某种意义上讲，也算是一种被实现
了的乐园(第四章第 1 节　庭园)。

　　庭园的修筑有一些是为供个人享受的，而在宗教团体中庭园却
常常是为团体成员能够住在一个幸福的世界里而修建的。有一些乐
园也是为团体修建的，为了给人们提供安逸生活的场所，却与宗教

无关。这种场所在日本被称作"隐居之所"[1]（第四章第 2 节　隐居之所）。

陶渊明所描绘的桃花源是中国典型的乐园。《桃花源记》与当时的志怪小说十分相似。本来桃花源传说就广为流传，陶渊明应该是在此基础上加进自己所想写就了这篇文章。形式上与志怪小说中所反复描绘的虚幻世界是相似的。那么陶渊明所赋予它的意义在哪里？让我们依据原文重新探求一番（第五章第 1 节　陶渊明的《桃花源记》）。

围绕《桃花源记》，唐代、宋代对这篇文章的理解方式因时代不同而相异。我们今天可以了解到那个时代的思潮。解读古典著作，并不能只局限于固定不变的原著，也应该包含有在不同时代思潮影响下的对原著的重构（第五章第 2 节　形形色色的桃花源）。

既然在不同时代下重新构建对原著的理解是可以的，那处于当代的我们又应该如何去解读《桃花源记》？让我们来思考当代社会背景下如何理解桃花源的意义（结语——今天对于桃花源的追寻）。

乐园之梦绝不仅仅是逃避现实。作为一个人，在一心一意经营着每一日之外，心里倘怀揣一个乐园梦，则有可能使一生变得厚重而饱满。对整个世界来讲，拥有乐园之梦，在建立更和谐社会的尝试中，或许有助于找到希望。若是这本书能在通过追寻古代中国人的乐园之梦中找到建立我们自身乐园的方法的话，则幸甚之至。

---

[1]　日文作"隠れ里"。

目　录

第一章　仙界的梦想

第 1 节　长生不老的希冀

在中国人的憧憬中，有一个不同于现实世界的所在，便是仙界。像桃花源这样典型的乐园形象，中国不如西方丰富，但取而代之的是中国独特的对神仙世界的渴求。桃花源在唐代也被视作仙界（第五章第 2 节），可见乐园和仙界有相似的一面。仙界是什么样的世界？那里的人们追求什么？让我们从仙界与乐园的联系中一探究竟。

（1）不老不死

仙界中人不老，故不死。除此之外，那里还有什么事情令人向往呢？其实，对于在仙界中能获得何种愉悦、何种快乐的记述少之又少。人会追求各种各样的欢悦，但能在仙界中获得何种满足却不甚明了。从仙界中得到的仅仅是不死。这表示，不死恰恰是人最终极的愿望。

人生于世，难免一死。能克服这种绝对的宿命，能使人长生不老的，便是仙界。西汉刘向（前 77—前 6）所著的《列仙传》和东

晋葛洪（283—363）的《神仙传》中，所描述的仙人们通常拥有
远超过常人的寿命。彭祖就被认为是长寿的代表：

> 彭祖者……至殷末世，年七百六十岁而不衰老。(《神仙
> 传》卷一《彭祖》)

其后他又活了多久，不得而知。对于神仙年龄的记载，都是
以其当时出现的时间为准，对于其肉身何时消失，或是后来去往何
处，大多都会写一句"不知所终"。说不知所终，就包含了其生命
有可能无限延续下去这一层意思。一位名叫广成子的仙人与太古之
时的黄帝言道：

> 人其尽死，而我独存焉。(《神仙传》卷一《广成子》)

仙之所以为仙，不死之故也。因不死，故无老。彭祖其人：

> 年二百七十岁，视之年如十五六。(《神仙传》卷一
> 《彭祖》)

《庄子·逍遥游篇》提到神女藐姑射时写道：

> 藐姑射之山，有神人居焉，肌肤若冰雪，淖约若处子。不
> 食五谷，吸风饮露。乘云气，御飞龙，而游乎四海之外。

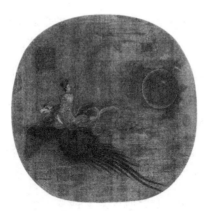

《仙女乘鸾图》，北京故宫博物院藏

这位神仙有多大岁数并未提及，但《神仙传》卷四《太阴女》写道：

> 仙时年已二百岁，而有少童之色也。

无死无老，超越常人生命的限度。看来仙界的时间尺度与我等凡间世界不同。女仙麻姑对来访者王远说道：

> 接待以来，已见东海三为桑田。（《神仙传》卷三《王远》）

仙界吃顿饭的工夫，下界已经历多次桑海变迁。

仙人也可返老还童。汉代时，有八位老人（称八公）拜访淮南王刘安，刘安因他们八人容状衰老，枯槁伛偻，认为不堪大用，拒绝面会。八人当场变为童子之姿，刘安大惊，立刻接见，并拜为师（《神仙传》卷六《淮南王》）。

　　仙人能不老或返老，相反也有一些既老又少、老少具存的例子。传说老子出生时便是白头发，故名老子（《艺文类聚》卷七十八引《神仙传》）。不老和返老，正与凡间由少变老的时间轴相反。与其说是颠倒了时间，倒不如说是否定且抹消了老和少的时间概念。有一位叫作"老莱子"的人物，他是否就是老子，人们各执一词。他是老庄道家一派，但来历不明。他曾扮作婴儿，以娱父母，这就是戏彩娱亲的逸话（第三章第2节）。老莱子同样超脱于由少变老的时间轴外，也是既老又少的一个例子。

　　顺便提一句，在芥川龙之介（1892—1927）的小说《河童》中，故事即将结束时一个不知是老还是少的河童登场了。主人公"我"想要回到人间世界，便去寻找唯一知道出路的那个河童。听其他河童说那是一个老极了的河童，但见到后，发现他仿佛只有十二三岁的年纪。正当"我"疑惑不解时，他说道："你不知道吗？不晓得我交了什么大运，出生时满头白发，却越活越年轻，如今变成一副娃娃相。"这个年龄不详的河童还有一个与其他河童不同的特征。"我"在河童国遇到的河童，都有一个类似于"派普""拉普"[1]等一听就知道是河童的名字，唯独这个河童无名。在社会中，名字和年龄是一个人特有的、最起码的要素。可他却不知年龄，没有名字。可见他生活在这个世界秩序之外。他继续言道：我活得不算幸福，但很安稳。因为不受年龄和名字的约束，而获得自由，所以他得到了安稳的一生。[2]

---

[1]　原文为"ペップ""ラップ"。

[2]　小说中河童全话为："年轻时苍老，苍老后又年轻，所以我不像老河童那样欲望枯竭，也不像年轻河童那样沉湎于欲望。我活得不算幸福，但很安稳。"所以作者说他的安稳来源于对年龄的摆脱。

（2）始皇帝求长生不老药

老子、老莱子和芥川龙之介所写的河童，年龄不详的他们从被时间束缚的生命中解脱出来。这些虽是颇具哲学色彩的超越，但永远年轻、永远活着却是每个人的梦想。尤其在中国，这一愿望格外强烈。中国人认为，与其期待死后的幸福世界，不如盼望现世的长生。"寿"——尽可能地延长生命，是其最强烈的愿望。这或许也是比起乐园，中国人更渴望仙界的原因吧。沉浸在安乐世界的空想里，不如追求在现实世界中长存，这是中国人的心性。

虽说如此，但只要是人，谁能不死？就连在现实中可满足一切欲望的帝王也难免一死。而且，越是已经满足了现实中一切欲望的帝王，越是渴望不死，比如秦始皇（前259—前210）。在秦国完成统一后的始皇帝二十八年（年号始于汉武帝，在之前都是像这样用帝王纪年表示。始皇帝二十八年，即公元前219年），秦始皇纳齐方士徐市（也作徐芾、徐福。"方士"，身具仙术之人）之言，遣数千童男童女与其一同往蓬莱、方丈、瀛洲三神山求仙人与不老药。

> 齐人徐市等上书，言海中有三神山，名曰蓬莱、方丈、瀛洲，仙人居之。请得斋戒，与童男女求之。于是遣徐市发童男女数千人，入海求仙。（《史记·秦始皇本纪》）

关于三神山，《史记·封禅书》中这样记载：

> 自威、宣、燕昭使人入海求蓬莱、方丈、瀛洲。此三神山

者，其传在勃海中，去人不远；患且至，则船风引而去。盖尝
有至者，诸仙人及不死之药皆在焉。

被海隔开，是乐园的条件之一，满足了与世隔绝的地理条件。
不容易到达，也是乐园的一个条件。依据《封禅书》可知，在始皇
之前，战国时期的齐国、燕国，也就是面临渤海的国家，就已经流
传着东边海上有仙人所居之山的传说。而求不老药心切的秦始皇，
则被此传说深深吸引。除了徐市，在始皇帝三十二年（前215），
秦始皇又派"韩终、侯公、石生求仙人不死之药"。秦始皇反反复
复，以求长生，很明显人最终的、最大的愿望是不死。

中国的边境向东只有一条海岸线，对于住在那里的人们来说，
海是一个未知的世界、可怕的世界，关于那里存在着什么，则给了
人们憧憬的空间。传说那里有不老不死之国，也不足为奇。关于出
海向东的徐市所到之处的传说，在日本许多地方都有一些痕迹。和
歌山县新宫市据说建有徐市之墓。它与新宫市补陀落渡海处[1] 相
近大概是偶然吧。

秦始皇后百年左右，汉武帝（前156—前87）受公孙卿蒙蔽，
多次尝试求仙（《史记·孝武本纪》）。武帝以儒学为根基治国，另
外，与儒家相异的作为道家思想之一的黄老思想在当时也很流行。
这是一个用道家求仙，用儒家构筑社会，两者兼收并用的时代。

---

[1]　补陀落渡海，日本佛教典故。补陀落，山名，指补陀落山，相传观世音
菩萨住在此处，为佛教净土之一。补陀落渡海，是平安时代产生的一种佛教仪
式，僧人从和歌山县那智胜浦町出海，仅携带数日食粮，坐乘简陋无帆的小
船，向补陀落山净土漂流而去。这实际上是一种舍身修行的方式。

秦皇汉武二帝的求仙逸话之所以很多，是因为此二人是历代皇帝的代表，可谓皇帝中的皇帝，他们作为最高权力拥有者，现实中的一切欲望都得到了满足，但却得不到渴望的长生。

（3）仙人的超能力

不老不死，归根结底还是身体层面上的问题。令人诧异的是，在仙人的内在和精神层面上找不到任何记述。仙人怀有怎样的感情？他们思考些什么？《神仙传》《列仙传》中对此没有任何记载。儒家也好，老庄也好，都是围绕人格、精神的养成，围绕对人间和世界的思考、认识来发论，而对于与老庄思想关系密切的仙人，视角则只局限于身体一面。

仙人伴随着肉身不老不死的特性，衍生出种种其他特质。

其一，尸解。所谓尸解，指灵魂离开肉身。肉身成为一副躯壳，灵魂因离开这副躯壳而得不死。这与儒家的招魂有一定的相同之处。儒家认为，人死后魂魄分离，魂离开肉身而浮游，魄则留在肉身上。因此有招魂仪式。看来对于肉体和魂魄的思考方式，从根源上讲儒道是共通的。但道家认为死是魂魄分离所致，所以有"拘魂制魄"这一仙术，即设法将魂魄封闭在肉体中不使其离开，从而使人不死。尸解则并非将魂魄关锁于肉身中，而是认为肉身如同衣服一般，不过是裹卷性命的东西。《艺文类聚》卷七十八《仙道》引《晋中兴书》："葛洪，字稚川，亡时年八十一，视其貌如平生，体亦软弱，举尸入棺，其轻如空衣，时咸以为尸解得仙。"因为魂离开之故，肉身变得没有重量。这里脱离的魂，并非被看作形而上的，而是物质的存在。

其二，轻举。所谓轻举，即轻而浮于空。这一点同尸解中肉身相关，但却是肉身失去重量而轻飘飘浮于云之上。举一个诗中常用到的例子，《列仙传》（《艺文类聚》卷七十八）中有一则箫史的故事。秦穆公（也作缪公，春秋时代有代表性的诸侯，五霸之一）时，有名箫史（此名字不知是否与箫有关系）者善吹箫，他一吹箫，白鹄（白色的大鸟[1]）和孔雀咸来聆听。于是秦穆公以女儿弄玉妻之。箫史日夜教弄玉作凤鸣，终于引来凤凰，二人遂随凤凰飞去。凤凰是男女和合的象征，二人通过音乐，与凤凰一体化，飞翔而升空。这与仙人王子乔的故事非常相似。不知二者是否有混同。王子乔，即周灵王的太子姬晋，也善吹箫[2]，可用箫演奏凤鸣之声。道士浮丘公将其带至嵩山，经三十年修炼，遂成仙，驾白鹤，不知所去（《列仙传》卷上《王子乔》）。

其三，不食。所谓不食，即不做日常饮食。这也与可以不老不死、尸解、轻举之肉身的性质相关。既然是不老不死之肉身，则维持这副肉身的当然是不同于俗界的食物。像藐姑射等仙人，不食五谷。也就是说，将俗界的消极进食改为了积极地服饮仙药。

---

[1]　即白鹤。

[2]　应为笙，《列仙传·王子乔》载："王子乔者……好吹笙作凤凰鸣。"

第2节 对仙界的质疑

（1）魏文帝与其弟曹植的仙界否定论

诚然，为了实现终极愿望，无论是否真的能成仙，人们还是为了升仙进行了修炼与服药等各种尝试。但与此同时，也常有一些对于仙界是否存在的疑惑。即便是希望登仙，但是否能够实现，也一直为人所不解。三国时代魏文帝曹丕（187—226）在《典论》中写道：

> 夫生之必死，成之必败，天地所不能变，圣贤所不能免。然而惑者望乘风云，与螭龙共驾，适不死之国，国即丹溪。其人浮游列缺，翱翔倒景，饥餐琼蕊，渴饮飞泉。然死者相袭，丘垄相望。逝者莫反，潜者莫形，足以觉也。

这里出现的仙界被称作"丹溪"。曹丕断言，相信不死之人（惑者），不知道死是人类的必然。他不相信不死和有不死之国的证据是，坟墓相连，未见一个死者归来。人死是有很严肃的证据的，绝无不死之理。

曹丕之弟曹植（192—232）有《辩道论》（《广弘明集》卷五）一文，也否定仙界的存在。他举汉代淮南王刘安和钩弋夫人之例说道，"其为虚妄甚矣哉"，将其传言彻底否定。[1] 淮南王刘安是因对

---

[1] 原句："淮南王安诛于淮南，而谓之获道轻举；钩弋死于云阳，而谓之尸逝柩空。其为虚妄甚矣哉。"

武帝发动政变失败而自杀（《史记·淮南衡山列传》），但后人却说遵照察觉危险的八公（即八位仙人）的指示而登仙了（《太平广记》卷八引《神仙传》等）。故曹植写道"获道轻举"。钩弋夫人出生时右手握拳，武帝将其展开，见握着一枚玉钩，因而得名。后成为武帝妃，生下了昭帝，后受武帝斥责忧郁而死。刘向《列仙传》卷下记载，钩弋夫人死后尸体尚温，一个月间仍散发着香味。其子昭帝即位后，下令重葬，开棺时发现棺内只有一双丝织的鞋子。这就是曹植说的"尸逝柩空"。

曹植所言的刘安和钩弋夫人，二人皆因武帝死于非命，后人可能怜其死，故出现了其未死而登仙的传说。曹植认为这样的说法甚为荒谬，进而否定。

更加有趣的是，《艺文类聚》（卷七十八《仙道》）所引的《辩道论》部分，有认为比起仙界来，俗界要好得多的记载：

> 夫帝者，位殊万国，富有天下，威尊彰明，齐光日月，宫殿阙庭，等耀紫微，何顾乎王母之宫、昆仑之域哉！夫三鸟被役，不如百官之美也；素女姮娥，不若椒房之丽也；云衣羽裳，不若黼黻之饰也；驾螭载霓，不若乘舆之盛也；琼蕊玉华，不若玉圭之洁也。

地位、富贵、尊严、宫殿、家臣、女性、衣裳、座驾、宝玉，依次列举，无论哪样，地上之皇帝所有之物远非仙界所能及也。仙界没有俗界的种种负担，按说认为仙界不如俗界，于理不通，但曹植却反驳道，仙界没有俗界种种奢华之物，放弃各种奢华来换取俗界无法获得的"不死",实在是"虚妄"。

曹丕、曹植的父亲曹操（155—220），曾镇压过依托于宗教的黄巾军，以扩大势力。这种政治状况可能对曹丕、曹植否定仙界的观念产生过影响。兴起于魏国势力的曹操，通过政治军事上的革新，从汉末群雄中脱颖而出，其生死观在当时也应算是很超前的。

二曹的言论都采用"论"这一形式，这与言论的内容有关。诗歌以感情为中心，适合表达超脱于事实之外的愿望或梦想。而"论"是言明意见或主张的散文，优先表达理性的思考。实际上，当时的诗歌，尤其是乐府，其中所唱到的对仙界的态度大为不同。乐府是韵文的一种，是为配合已有的乐曲而填的词。最开始，"诗"不是作者内心的表白，而是脱离作者个人，具有歌谣的特性。乐府中很多诗作并无明确的作者，是一种自然形成的歌谣。后来文人们开始诗歌创作，这才有了作者之名。这样，从乐府中派生出的诗，作为韵文，代表着中国文学的中心而不断发展。怎样区分乐府和诗呢？判断是不是乐府，只能看乐曲消亡后，保留下的文字作品题目是不是"乐府题"。所谓乐府题，是指乐曲固定的被赋予的名字，这些乐曲数量是有限的。因此，乐府就是为指定的乐曲填写的新歌词。唐代后期，出现了与流传下来的乐府题不同的新的乐府题，即所谓新乐府。

乐府中歌唱仙界之作不算少，曹操也有几首游仙诗。

（2）曹操的游仙诗

现在能看到的曹操的诗只有乐府诗，《气出唱》《陌上桑》《秋胡行》等都是写仙界的。这几首都是长诗，其中《陌上桑》(《乐府诗集》卷二十八《相和歌辞》）最短，可一窥仙界之模样：

> 驾虹霓，乘赤云，登彼九疑历玉门，济天汉，至昆仑，见
> 西王母谒东君。交赤松，及羡门，受要秘道爱精神。食芝英，
> 饮醴泉，拄杖挂枝佩秋兰。绝人事，游浑元，若疾风游欻飘
> 翩。景未移，行数千，寿如南山不忘愆。

这首诗虽然只写到了仙界的地名、人名、植物、食物，但一
定是从对升仙的希求中诞生出的乐府。除此之外，《气出唱》《秋胡
行》更是用较长篇幅描绘了游仙的空想，歌唱着与仙人的结交，这
些诗都是通过写游仙而归结于对永寿的深愿。

曹操歌唱仙界的乐府，与一些无名氏的乐府属同一流派。《董
逃行》《步出夏门行》《王子乔》等乐府诗与曹操的《陌上桑》相
同，也是歌唱畅游仙界、交会仙人的幻想。

虽然有这样的诗歌存在，但未必就能说曹操相信有仙界。与之
相对，曹操还有这样的乐府诗：

步出夏门行

神龟虽寿，犹有竟时。

腾蛇乘雾，终为土灰。

老骥伏枥，志在千里；

烈士暮年，壮心不已。

盈缩之期，不但在天；

养怡之福，可得永年。

　　幸甚至哉，歌以咏志。

　　虽然年老，但保持旺盛精力，通过修炼延长寿命，不依靠神仙，不听任天命，通过自己的努力获得长寿。曹操的现实主义、理性主义的一面跃然纸上。

（3）否定仙界之诗

　　以上列举了曹丕、曹植兄弟的"论"及曹操的乐府，曹氏父子在中国诗歌历史上可谓开启了一个新时代。集中在曹氏政权之下的文人们形成了一个集团，以东汉最后一个年号为名，称"建安文学"，其在文学史上留下了浓墨重彩的一笔。其后，五言诗成为中国古典诗的中心诗体，一句五字的诗歌创作便始于此时。

　　在建安时代不久之前，东汉后期出现了被称作"古诗"的五言诗。这种诗歌也是从乐府中演化出来的，但并不是配合曲子歌唱的歌词，而是独立成诗，不过和乐府相同，并未有特定的作者。在这些古诗中，有一组被称作《古诗十九首》，被收录于南朝梁时编纂的《文选》中。建安文学的创新之处，在于继承"古诗"五言诗体的同时，首次写明了诗的作者。由此可知，不同于乐府诗的集团性，代表个人心声的诗出现了。

　　曹操的诗都是乐府诗，这并非偶然。一般认为，乐府诗向五言诗的变化，正是体现在曹氏父子两代人中。曹操继承的是乐府旧文学，而曹丕、曹植兄弟继承了古诗新文学。

　　五言诗体成形之后，仍然有文人创作乐府诗。而且同一作者所作的乐府和五言诗内容完全不同的例子也是存在的。与乐府多写游仙空想相对，古诗则对仙界表现出一定的否定倾向。《古诗十九首》中的一个主题是感叹命运无常，渴望剪断烦恼，但却没有表现出对仙界之向往。

比如第十三首，诗人出城至郊外，望见坟茔相连，对人无法避免的死亡心生感慨：

> 人生忽如寄，寿无金石固。
> 万岁更相送，贤圣莫能度。
> 服食求神仙，多为药所误。

神仙也不可指望，该怎么办呢？

> 不如饮美酒，被服纨与素。

第十五首，认为逃离命运无常的办法只有沉浸于眼下的快乐中。最后两句写道：

> 仙人王子乔，难可与等期。

《古诗十九首》写的是人生苦短，认为为了脱离悲伤，需要追求刹那的欢愉。但也知道沉溺于欢愉并不能解决问题，于是乎徘徊于虚无的抒情中，这就是《古诗十九首》的性格。

《古诗十九首》中对神仙表示怀疑的并不只限于以上列举的两首。但这并不是直接否定神仙的存在，若是完全不相信有仙界，恐怕提都不会提了。其对于仙界的态度，应是在半信半疑中更倾向否定。

（4）曹丕的游仙诗

其实也并非乐府相信仙界、古诗否定仙界这样泾渭分明。曹丕有一首写游仙的乐府诗结尾却是否定仙界的，从中可以看到曹丕怎样看待对于仙界的空想。

折杨柳行

西山一何高，高高殊无极。

上有两仙童，不饮亦不食。

与我一丸药，光耀有五色。

服药四五日，身体生羽翼。

轻举乘浮云，倏忽行万亿。

流览观四海，茫茫非所识。

彭祖称七百，悠悠安可原。

老聃适西戎，于今竟不还。

王乔假虚辞，赤松垂空言。

达人识真伪，愚夫好妄传。

追念往古事，愦愦千万端。

百家多迂怪，圣道我所观。

得药于仙童，轻举飞向天空。"流览观四海"一句，流露出对仙界的怀疑。通常的游仙诗，从仙界下望俗界，都会表现俗界的卑小，但曹丕却说"茫茫非所识"，着眼于模糊不清，无法识别，表现出对仙界的否定倾向。长寿的彭祖，不知所终的老子，人言有无限寿命，但这里却以不可确认加以否定。"不知所终"本是《神仙传》《列仙传》中断言其寿命的无限性已超越人类认知的句子，同样一句话，曹丕却以超越人的可知范围而加以反驳。换句话说，正因为超越了人类的认知，所以不能赞同其生命无限的观点。于是，曹植以虚妄否定仙界，认为与其期待空想不如依据自己的判断去看待仙界，最终回归儒家。

但以此便得出曹丕不信仙界存在的结论则是一种片面的浅见。诗的前半部分中对仙界的想象是不能无视的。可见在其思想过渡到否定仙界之前，还是认为仙界是十分快乐的。

即便是在《辩道论》中断然否定仙界的曹植，也写过渴望游仙的《升天行二首》《五游》《远游篇》《仙人篇》《游仙》等乐府诗。他也如曹丕一样，并非一味否定仙界，甚至还对神仙世界进行了一番描写。

总的来说，大体情况是，表现个人思想的古诗中对仙界有否定倾向的作品比较多，而群体性的、抒情性的乐府诗中，即便是个人作品，依旧多为对仙界的描写。即使是在因虚妄而对仙界加以抵制的三曹的作品中，也既有对仙界的否定之作，又有在仙界的想象中徜徉恣肆的作品。在他们看来，仙界至少是一个可供暂时展开想象的世界。只是他们早已对仙界的存在表示质疑，这一点是不可否认的。

第 3 节　魏晋哲人的神仙观

（1）阮籍的困惑

魏时期的阮籍（210—263），虽然向往神仙世界，但对于其存在徘徊于信与不信之间。其五言连作《咏怀诗八十二首》，《文选》收录了十七首，皆为内省之作，对仙界的态度也在有无两端。《咏怀诗十七首》的第五首：

> 朝为媚少年，夕暮成丑老。
> 自非王子晋，谁能常美好。

诗句表现了对因不是仙人而只能随时间流逝走向老死的感慨。第十六首写到现世快乐无法满足其心，于是寄希望于延年之术：

> 独有延年术，可以慰我心。

阮籍的《咏怀诗》多为此类，表现内心的动摇，无法确定对立的任何一方。如果尝试将其分裂的思想统一起来则是无意义的，我们应该将《咏怀诗》所展现出的心乱如麻作为一个整体来理解。

（2）嵇康的立场

嵇康（223—262），与阮籍同为竹林七贤的中心人物。竹林七贤都是超越世俗的思索者。对神仙世界的态度，嵇康比阮籍明确得多。《养生论》开篇便写道：

> 世或有谓神仙可以学得，不死可以力致者；或云上寿百二十，古今所同，过此以往，莫非妖妄者。此皆两失其情，请试粗论之。夫神仙虽不目见，然记籍所载，前史所传，较而论之，其有必矣。似特受异气，禀之自然，非积学所能致也。至于导养得理，以尽性命，上获千余岁，下可数百年，可有之耳。而世皆不精，故莫能得之。

可见依据文献所载，嵇康是肯定神仙确实存在的。只是神仙拥有不同于常人的特质，如果不能领会特殊的修习方法是无法成仙的。次于特殊修习方法的便是"养生"，即通过人为的努力可以达到延长寿命的效果。

阮籍和嵇康，处于曹魏王朝司马氏权力加强的时期，曹马权力的对立，使得局势紧张，危机四伏。阮籍通过狂饮和奇行来掩饰自己，终享天年。而嵇康的养生未见成效，落得被杀的下场。他们二人文学作品中时常表现出的苦闷与当时的政治局势大有关联。他们的神仙观已经不是甜美的梦想，也不是对永世的期待，而是从危机四伏的现实世界中，从随时可能被杀害的恐惧中逃离的殷切的求生欲。厌恶现世，渴望逃到神仙世界中，这一思想在下一个时代的郭璞身上体现得更加明显。

（3）郭璞的《游仙诗》

因郭璞（276—324）而闻名的《游仙诗》，《文选》收录七首。

另外，现今可见到的二十二首郭璞的诗作中，有十四首是《游仙诗》。郭璞于西晋末期为避乱而南迁，在东晋仕官，随后在政治斗争中被杀害。《游仙诗》第一首：

> 京华游侠窟，山林隐遁栖。
>
> 朱门何足荣，未若托蓬莱。
>
> 临源挹清波，陵岗掇丹荑。
>
> 灵溪可潜盘，安事登云梯。
>
> 漆园有傲吏，莱氏有逸妻。
>
> 进则保龙见，退为触藩羝。
>
> 高蹈风尘外，长揖谢夷齐。

这首诗中，与其说是向往神仙世界，不如说是在世俗与超俗间烦闷、犹疑。最终诗人选择了超俗。全诗描写了选择超俗的思索过程。游仙所选择的生存方式完全是单纯的梦想。而这首诗虽名为游仙，但却同阮籍的《咏怀诗》一样，是内省，是表明脱俗的决心。于是，在对神仙向往的转变过程中，隐逸——这种现实中可能实现的脱俗志向，便占据了重要位置。

在被认为是典型游仙诗的郭璞的《游仙诗》中，实际上神仙愿望悄然变成了隐逸愿望，象征着士大夫们把注意力从无法实现的仙界转移到可能实现的另一个世界上去了，那就是隐逸。下一章，让我们来看看隐逸这种生存方式。

第二章　隐逸的愿望

第1节　何为隐逸

（1）远离世俗，固守高洁

中国士大夫心里根植着一个很深的隐逸愿望。这是与仕官，即作为官僚从事实际政治业务的生活方式相对立的一种生活方式，是研究中国精神文化时不可或缺的重要主题。隐逸也是在逃离污浊不堪的社会这一思想中萌发的，追求另一个可以为生的世界，与乐园有相似之处。只是乐园不过是梦想，而隐逸，像辞官入山林，则或可实现。

日本也有隐逸。本来此思想是从中国传入的，但亦如其他传入之思想，渐渐披上了一层日式色彩。最初日本原封不动地接受了中国的隐逸，即受儒家和老庄思想影响，弃官不做，后来被强烈厌世观支配，则成了日本隐逸的特色。如后所述，中国隐逸的动机多为对政治的不满与反对，与此相对，日本隐逸的中心思想则是对被无常支配的现世的厌离。所以日本隐者会"出家"，舍弃世俗遁入空门，甚至与骨肉亲人都会断绝关系。与西行[1]的入道有关的一些逸话不过是传说，但其出家方式却广为流传。他一脚踢翻依赖着自己的女儿，抛弃家庭，斩断亲缘，孤身一人，前往吉野山中的寺庙里潜心修行。中国的隐者并非如此，不是孤身一人，而是带领亲族同党住进山林。这反映了作为个体的差异，也反映了隐逸方式的不同。中国社会最小单位是家族，归根结底隐逸所回避的对象是官界。而日本，隐逸则是追求脱离包含家庭成员在内的所有人。

日本的隐逸首先要出家，但入了佛门则隶属于教团，又会被束缚在另一种社会团体之中。于是产生了进一步脱离教团组织的"遁世"。换言之，日本的隐逸，是由"出家"与"遁世"两个阶段组成的。似乎佛教成立后不久，就出现了出家和遁世两个阶段的修行方法。随着时代的推移，又出现了与圣贤、行者、山岳宗教、密教等相结合的隐逸方式。与职业相结合，又出现了如从事商业活动的高野圣[2]，从事军事活动的阵僧[3]，以及在社会活动中从事各种专门职业的人。这已经与隐逸的理念背道而驰，完全融入现实生活了。

西欧有"隐者"之意的词语 hermit，据说来源于希腊语 erēmitēs——住在沙漠里的人。中国隐逸者所居之处为山林，而西欧为沙漠，这种差异大概是自然环境不同所致。但不论是山林还是沙漠，都是与人们的普通生活场所隔绝之处。这意味着专门选择了

---

[1]　西行（1118—1190），俗名佐藤义清，京都人，镰仓时代著名歌人，23 岁出家。

[2]　高野圣指云游僧人。

[3]　阵僧指在两军中充当使者、代写书信的僧人。

生活困难之地。在西欧，使自己负担肉体之苦的修炼是一种宗教行为。有一些甚至到荒野或柱子上苦修。所以，西欧隐逸的中心群体是在被规矩、戒律控制的集团生活中，忍受苦行和禁欲的宗教信徒。

可见日本和西欧的隐逸都是伴随着与宗教的密切关联而展开的。中国虽然也有闭锁于寺庙、道观者，但隐逸却与宗教无关，而是以士大夫共有的理念为特征。因此，隐逸并不特殊，对所有士大夫来讲都有重要意义。

隐逸，与选择隐逸的逸民，其特征是避世。世，是世间、世俗，隐逸与之对立。世，是入世、富贵、名声，隐逸是对拘泥于世俗价值观的生活方式的批判。

避世不仅仅是在价值观上与世俗相异，还伴随着离群索居的行为。在中国的隐逸中，居住场所非常重要。隐者必须以居住在山林，或是居于地僻人稀之处，也就是一般人不会居住的地方为条件。衣食住行为生活四要素，关于隐者衣食行的记载也并非没有，但都是附加性的叙述。隐者在衣食行上没有特殊之处，唯有住是评判是不是隐者的决定性条件。换句话说，隐逸牵涉到城市与山林，即中心与边缘这一空间构造。隐者必须远离凝聚着世俗价值观的城市。

远离城市，则不得不拒绝做官。特别在中国的隐逸中，对政治的拒绝姿态是重要元素。避世的"世"直接包含着官界这层意思。以精神高洁，即"高尚"为目标的隐者视官场为污秽之所。故中心与边缘的对立，也可以视作高尚与世俗这一价值观的对立。中心（城、镇）是以获得名利，也就是社会名声和地位，以及丰富物质为价值的场所。与之相对，边缘（山林、水畔等偏僻之地）是以厌恶世俗价值，远离中心，来获得个人尊严和自由的场所。不受外界与世俗价值的束缚，实现自我，追求精神的高洁与超脱，这是隐者追求的价值观。

虽然不同时代里隐逸的程度有所差异，但对政治体制的批判态度始终是隐逸的特征之一。在日本，隐逸的政治色彩比较淡薄，而在中国，隐逸对政治批判和拒绝的积极姿态却十分醒目。

反过来，日本隐逸中特有的厌世观，在中国也很少见。厌世与悲观紧密相连，中国的隐者却不是悲观主义者。隐逸对士大夫来讲是贯彻自己信念的一种积极的生活方式，这也是中国隐逸的一大特征。

一般来讲，士大夫做了官则会把参与政治作为本分。本来士大夫就是拥有参与政治的权利和义务的一个群体。将个人的德才发挥于官场，使天下人安居乐业，实现儒家理念，这也被视作士大夫的本分。做官，首先从经济上讲可以获得俸禄，进而可以追求名誉和权力。富贵、权势，合起来讲就是"名利"。追求名利，则与精神的高洁相违，因此隐逸必与固守精神高洁的态度相伴随。

如上所述，隐者有脱离俗世而居与固守精神高洁两个特性，但如果将精神高洁看得更重，则被称为"高士"。脱离俗界最甚者为仙人。因此，中国隐者的范畴，与高士和仙人相邻接。若将三者看作三环，则三环又有相合的部分。

（2）许由和巢父——对政治的嫌恶

隐逸的形态随时代而改变。概言之，即从对政治的嫌恶与拒绝，转变为对个人生活的享受。

　　最古老的隐者，可追溯到尧时代的许由和巢父，他们也被认为是隐者的鼻祖。虽被认为是最早的隐者，但其故事却未必形成于当时。总之，先让我们按照时代顺序进行梳理。

许由（据传为狩野永德作《许由巢父图》，东京国立博物馆藏）

　　许由听到上古圣贤天子尧欲以天下让之，认为污了耳朵而去河边洗耳。巢父牵牛从旁边经过。巢父，正如其名，是在树上筑巢而居的隐者。他得知许由洗耳的原因后，认为河水已变秽浊，于是牵牛去上游饮水（《高士传》卷上《巢父·许由》）。

　　还有一则"许由挂瓢"的故事。有人看到许由在河边用手掬水而饮，于是送给他一个瓢。许由用完后将其挂在树上，风吹瓢响，许由听着烦，便将瓢扔掉了（《太平御览》卷四百七十八引蔡邕《琴操》）。说到底，就是不要多余之物。莫说是大如天下者，就连把瓢这种最常用到的生活用品扔掉也不在乎。许由和巢父相同，他们否定文明，满足于"无一物"的生活。这种自我满足感也是隐者的重要标志之一。他们并不是在简朴的生活里咬牙坚持，恰相反，他们很享受这种简朴。

许由和巢父之名，见于《汉书·古今人表》。此表将过去的人物从"上上"至"下下"分为九等，许繇（许由）和巢父见于第二等"上中"。

许由和巢父代表最古时的隐者，拒绝社会性生活，追求原始生活。值得注意的是，此二人并非否定尧的政治和人格。尧欲让天下，一般人会觉得统治天下是最有价值的，而此二人不接受，他们并非否定政治，应该是嫌恶政治。

欲把天下让给没有血缘关系却有德行的人的尧，和没有物欲和权力欲的许由，他们都被认为是具有高尚情操的人，其故事也被作为美谈而流传。而这则美谈在现实中被利用的故事，可见于《史记·燕召公世家》。战国时期，燕国人鹿毛寿建议燕王（燕哙）将国家让给宰相子之，"人之谓尧贤者，以其让天下于许由，许由不受，有让天下之名而实不失天下。今王以国让于子之，子之必不敢受，是王与尧同行也"。燕王从其言。而没有接受禅让的子之名声反大过燕王，遂权力日盛，更将燕国实权收于囊中。后燕国大乱，孟子向齐宣王进言伐燕。齐出兵燕国，燕王哙被杀，子之逃亡。[1] 鹿毛寿这一计策适得其反，结局颇为讽刺。

且不论结果，鹿毛寿是将尧让天下于许由这一故事功利性地拿

---

[1] 关于子之是逃是死说法不一，《史记》载："燕君哙死，齐大胜。燕子之亡。"《集解》："徐广曰：'年表云君哙及太子相子之皆死。'骃案：《汲冢纪年》曰'齐人禽子之而醢其身也'。"

去用了。这则故事本来是流传很广的美谈，之所以如此，正因为大多数人赞同其中的价值观。拥有相同的价值观是一个共同体延续的必要条件，但仅有单一的价值观，则又会使这一共同体变得纤弱易碎。鹿毛寿为了现实利益，引用了这则美谈，但其立意却与这则美谈所表现的精神完全是两回事，这也说明了这则长期流传的美谈有一些不严谨之处。中国历史中的美谈，有的只是作为美谈而流传下来，也有像鹿毛寿这样暗怀某种目的而改变美谈立意的例子。这种多样性也是使中国文化得以长存的一个原因吧。

（3）伯夷和叔齐——体制的批判

司马迁《史记》的列传部分第一篇便是《伯夷列传》，像是为列传作的总序，意味深长。司马迁认为关于伯夷、叔齐的文献很少，对于孔子对二人的赞赏之言，司马迁也表示疑义。《论语》《孟子》中言及二人之处，一般认为应是以当时流传的其他传说为依据的。让我们来看看《史记·伯夷列传》中所载的事迹：

> 伯夷、叔齐，孤竹君之二子也。父欲立叔齐，及父卒，叔齐让伯夷。伯夷曰："父命也。"遂逃去。叔齐亦不肯立而逃之。国人立其中子。于是伯夷、叔齐闻西伯昌善养老，盍往归焉。及至，西伯卒，武王载木主，号为文王，东伐纣。伯夷、叔齐叩马而谏曰："父死不葬，爰及干戈，可谓孝乎？以臣弑君，可谓仁乎？"左右欲兵之。太公曰："此义人也。"扶而去之。武王已平殷乱，天下宗周，而伯夷、叔齐耻之，义不食周粟，隐于首阳山，采薇而食之。及饿且死……

司马迁发出疑问：像伯夷、叔齐这样的"义人"为什么死得如此不幸？上天真的不会帮助正义之人吗？天道"是邪非邪"？孔子爱徒颜回穷困潦倒，早早离世，而大盗盗跖做尽坏事却得享天年，寿终正寝。人格、事迹与幸或不幸并不一致，天道何在？他进一步说，像伯夷、叔齐、颜回等尚有孔子赞誉，事迹也流传下来。但其他一些事迹湮没、不为人所知的纯良之人必不在少。他在《伯夷列传》最后写明创作列传的意图就是要来寻找并记录这些人。

在殷周交替、变革之际，周以革天命为由使周政权正当化，而伯夷、叔齐不承认周政权，彰显出"义人"之姿。从周王朝的立场来看，伯夷、叔齐无疑是叛逆者。但二人却因大义而受到赞扬，说明在中国，人们不会使伦理强行隶属于政治，而是承认精神价值的独立性，这种价值观一直流传后世。中国文化传承时间之长为其他文明所未有，正在于形成了人们追求重视德义的价值观并远离政治的文化传统。

伯夷、叔齐隐于首阳山，并非嫌恶政治，而是对周政权的拒绝，这就表明了自己的政治选择。对当时政权不满而隐于山林的还有秦时的"商山四皓"，即隐于商山的四名隐者。皓为白之意，四人皆为白发老人，总称"四皓"。

本为隐者的商山四皓汉初重新出山，为的却是世俗气颇重的继位问题。汉高祖欲废吕后之子（惠帝），立宠妃戚夫人之子赵王如意为太子。面对自己儿子要被废掉的处境，吕后找张良商议对策。张良认为自己没有能力说服高祖，建议吕后去找商山四皓。于是四皓下山，劝谏高祖，高祖遂打消了废太子的念头。从这则故事中可以看到，四皓说句话比开国功臣张良还有用，原因在于隐者是受尊崇的。四皓能劝动高祖，正说明精神的价值超越现实的政治斗争这一点是为人们所承认的。

顺便提一句，后世隐者的名声也很高，这些被视作有德无欲的人才后又做官的事也屡屡出现。

唐代的卢藏用，为做官进入长安南郊终南山做了道士，后果被朝廷招来做官。司马承祯讽刺其为"终南捷径"。李白好道，也去山中修行，后突然被玄宗招去做了翰林供奉。仕官与隐逸本是对立的，而政治权力会将隐者吸纳进体制内，做出一副尊崇精神价值的样子。可见中国文化的传统里何其重视精神价值，同时也显示了将其纳入体制的政治有或柔软或强硬的一面。

四皓隐于商山，本为避秦的暴政，看不出其对政治嫌恶的态度，与许由、巢父本身就对政治行为表示拒绝是大不相同的。伯夷、叔齐也好，商山四皓也好，拒绝直接参与当时政权而隐入山林，这种隐栖是以反对当时政权为动机的。

（4）精神的孤高

继《史记》之后的正史是东汉班固（32—92）的《汉书》，其中尚无《隐逸传》，但有《王贡两龚鲍传》，即王吉、贡禹、龚胜、龚舍、鲍宣五人之传（龚胜、龚舍为友人，非兄弟）。这篇传记的序言中提到了伯夷、叔齐、商山四皓，以及西汉郑子真、严君平等不仕官之人，与《隐逸传》颇为相似。班固在这篇传记中，揭示了隐者精神的孤高，不屈节操的性格。

在传记末尾的"赞"中，班固认为士分"朝廷之士"（仕官的人）和"山林之士"（隐栖的人），两者都有缺点。朝廷之士太在乎俸禄和荣誉，因此不如"清洁之士"受人尊重。但山林之士"能自治而不能治人"，即只顾自己修行而不为别人做事情。所以，像王吉等人，当仕则仕，当隐则隐，出入进退有所分别最为理想，故为其五人立传。班固之所论，反映出儒家的一个传统思想，即应根据时局状况来选择是出仕还是归隐。隐逸并不总是一种正确的选择，如果处于自己可以得到认同、力量可以得到发挥的时代，则必须尽力为天下人做事。

至南朝宋范晔的《后汉书》，始有《逸民传》。为后世正史《隐逸传》之开端。这说明从东汉开始，隐逸观念加深，隐者数量增加。这种隐逸观念，虽也有对政治和体制的反对、反抗，但更多的是为了选择可以贯彻自己伦理观念的生活方式。远离世俗，洁身自好，东汉时期士大夫的精神性开始确定下来。至东汉后期，出现"清流"群体。当时的政治始终伴随着外戚和宦官的权力斗争，远离世俗利害，保守高洁之人会受到士大夫们的赞赏与羡慕，因此在这个时代下，隐逸中的远离浊世、固守高洁的精神价值也被加强了。

第 2 节 从高洁到愉悦

（1）愉悦的追求——张衡《归田赋》

《后汉书》中《逸民传》所记之人，乃是纯粹的隐者，也就是说纯粹因隐逸而使姓名与事迹流传于后世。如果彻底隐逸的话，则是隐于山林，不在世上留下任何痕迹，所以应该有更多隐士是没有任何记载的。

《逸民传》只记载了这些隐士的事迹，没有记载其思想。可能是因为隐者是不会轻易表达自己的思想的吧。

除此之外，大谈隐逸思想之人，还有东汉的张衡（78—139）。张衡之所谈，一言以蔽之，就是隐逸的愉悦。这一思想将隐逸的动机从对体制的否定和对政治的嫌恶，转变成了使自身愉悦的行为。当然，这与《汉书》所写的追求精神的高洁也有不同，而仅仅是一种满足自身、自娱自乐的生活方式，这一点在其著作中很明显。这与伯夷、叔齐采薇而食、忍受痛苦十分不同。不得不说隐逸观于此发生了重大变化。

张衡可谓东汉中期的一位全才。以京城为题材，写过长赋《二京赋》(《东京赋》《西京赋》)，其《四愁诗》又被视作七言诗的鼻祖。除文学之外，他在科技方面也是成就斐然。据说他发明了指南车 [1] 和模型飞行器 [2]。在谶纬等迷信横行的年代，张衡能有理性的思考，并有数样发明，实属难得。

其文学方面的代表作之一《归田赋》，表达了对隐逸的渴望。两汉之赋，多表达固定内容，很少表现作者自身所想。《归田赋》则不然，它展现了作者的内心。后来人们称这样的赋为"抒情小赋"，故这篇作品也为汉赋转变为抒情小品提供了契机。

《归田赋》一开篇，作者写到自己久居京城，却在政治上毫无建树。但这并不是作者对政治有所不满或批判，而是认为自己能力

---

[1] 《宋书》卷十八："指南车，其始周公所作……后汉张衡始复创造。"
[2] 《太平御览》卷七百五十二引《文士传》："张衡尝作木鸟，假以羽翮，腹中施机，能飞数里。"

不足，天生没有从政的资质。虽然可以认为作者这是暗喻对当时政治的不满，但是起码文章表面上还是肯定时政的，作者也提到隐逸的动机是没有能力，从而欲从政界抽身。

> 超埃尘以遐逝，与世事乎长辞。

紧接着，描写了春天草木繁茂，群鸟飞鸣，信步而行，自得其乐。

> 于焉逍遥，聊以娱情。

此句引出隐逸之情：

> 于时曜灵俄景，继以望舒。极般游之至乐，虽日夕而忘劬。

当然，张衡的隐逸思想依旧停留在空想上，但"极般游之至乐"，则表明追求自身快乐成了隐逸的性质之一。

（2）玩味个人生活——潘岳《闲居赋》

西晋潘岳（247—300）的《闲居赋》，继承了张衡以愉悦为主旨的隐逸思想。

潘岳在其赋的序言部分，叙述了自己的为官历程。二十至五十岁中有八次官职变更，晋升一次，免职两次，除籍一次，未到任一次，平调三次。他认为自己"拙"于为官。拙与巧相对，巧是一种高明的生活方式，而拙指不善钻营的笨拙的生活方式。文人常言自己笨拙，看似口吻卑下，其实暗表内心的骄傲。

潘岳官职频繁变换，不是因为其"拙"。西晋权力争斗接连不断，他最初依附于权臣贾充，后投靠贾充的对头杨骏。杨骏被贾充之孙贾谧杀掉后他又成了贾谧下属。后来，赵王司马伦诛杀贾谧，潘岳也为司马伦手下所杀。所以，不如说实是因其弄巧，不断依附当权者，反而落得被杀的下场。

以上暂且不论，按照他自己的话讲，笨拙的自己不应该追求高贵身份，而是应该果断抽身，归隐田园，享受自己的生活，这是序言中闲居的动机。在后面的赋中，他详细描写了退出官场的日子。其所写比张衡所写更加具体。

潘岳选择的闲居之地很值得注意，是都城洛阳城郊接合部。附近有军事设施、朝廷祭祖的庙堂和官立的学校，这些都是和世俗权力密不可分的建筑。可见潘岳的闲居之处绝不是偏僻的山野。在他的笔下，甚至让人觉得他对居住于靠近王权之地有炫耀之嫌。让我们看看他是如何写建在这种地方的私宅的：

> 爰定我居，筑室穿池，长杨映沼，芳枳树樆，游鳞瀺灂，菡萏敷披，竹木蓊蔼，灵果参差。张公大谷之梨，梁侯乌椑之柿，周文弱枝之枣，房陵朱仲之李，靡不毕植。三桃表樱胡之别，二柰耀丹白之色，石榴蒲桃之珍，磊落蔓延乎其侧。梅杏郁棣之属，繁荣藻丽之饰，华实照烂，言所不能极也。菜则葱韭蒜芋，青笋紫姜，堇荠甘旨，蓼荽芬芳，蘘荷依阴，时藿向阳，绿葵含露，白薤负霜。

庭园里的植物，让人联想到京都赋中常描绘的宫中的树木花草。果蔬之丰富，又与乐园中物质丰饶一意相通。

其后他写到了居住于此的快乐，以及与家人共处的天伦之乐。最后，洋洋洒洒的《闲居赋》归结到一句：

> 人生安乐，孰知其他。

潘岳所写，是一种从公家场合隐退，回归私生活的满足和喜悦，明言正是在平常的生活里才会拥有个人幸福。他所叙述的对个人生活的发现，被后来的陶渊明及更后的白居易所继承。

潘岳的生活，严格来讲不能算隐栖。其所居非但不是偏僻的山里，反而是紧邻都城之所在。在其不无夸耀的行文里，表现出的并不是与官场对峙的隐逸，反而更像是在官僚生活的约束中寻得片刻喘息，片刻休息。也正因此，他作文以《闲居赋》为题。其后不久，他重回官场，最终被卷进政治斗争中，丧了命。

第3节 活出自我

（1）作为自我实现的隐逸——陶渊明

提起隐逸，不能不提被称作"古今隐逸诗人之宗"（南朝梁钟嵘《诗品》）的陶渊明（365？—427）。陶渊明数次出仕，数次辞任，最后辞去彭泽县令时，写下《归去来兮辞》，决意隐逸。

《归去来兮辞》是一篇韵文，但序是用散文写的。序中言，陶渊明迫于生计，不得已出仕，但终因与性情不合，仅八十余日便辞官了。序言中所描绘的是一个被人劝言出仕，时常感到迷茫，但又下不了决心，优柔寡断又没有谋生能力的男子，颇有些讽刺意味。正如其所言，出仕非其所愿。最终是什么原因使他下决心辞官的？他这样写道：

> 何则？质性自然，非矫厉所得。饥冻虽切，违己交病。尝从人事，皆口腹自役。

这就是原因，要按照自己的本性去活，活出自我。陶渊明的隐逸，不为批判政治，不为追求精神的高洁，为的是抛弃不合性情的俗事，为的是能随心所欲地去活。

那么，忠于自己本性的活，具体是怎样一种活法？《归去来兮辞》正文有所描述。与序不同，正文起首文风突变："归去来兮，田园将芜胡不归？"作者高唱着这一句，乘着轻舟，向家乡遥遥而去。到家后，僮仆欢迎、稚子候门。家中之景，一如往昔，回归旧居的归属感、满足感油然而生。四周走走，和亲人叙叙，或享乐于琴书，或与农夫聊聊农事，作者充分享受着日常生活里的一件件再平常不过之事。

或行于山谷，或登于小丘，感触着周围的大自然。

> 木欣欣以向荣，泉涓涓而始流。善万物之得时，感吾生之行休。

树木闪着新绿，吐露出鲜润沁人的气息。林间泉水清冽，蜿蜒流淌。这正是讴歌生命的时刻，生机勃勃的自然重燃了生命。而伫立此间的自己，正悄然走近人生的终末。生气喷薄的自然和渐渐垂老的自己，这之间些许龃龉，又怎能令人不在意。但作者并没有纠缠在这种对比中，这段文字不是表现悲，也不是伤，而是感。所谓感，是一种不分明的思绪，是任其不分明涌上心头的状态。

作者在文章的结尾处解决了自然和自己之间的龃龉：

已矣乎！寓形宇内复几时。曷不委心任去留？胡为乎遑遑欲何之？富贵非吾愿，帝乡不可期。怀良辰以孤往，或植杖而耘耔。登东皋以舒啸，临清流而赋诗。聊乘化以归尽，乐夫天命复奚疑！

自己也好，这世界也好，都是自然的一部分，那么生也好，死也好，都是自然法则，用不着纠结。如同树木皆有荣枯，任由天命就好。在上天给予的短暂时光中，随心所欲，自由自在地去活，这足够了。

就这样，陶渊明选择了活出自我的生活方式。

陶渊明的辞官，与对政治的厌恶多少有些不同。厌恶政治，伴随着一种用孤高眼光蔑视污浊的政治世界的态度。而对陶渊明来讲，不是清浊对比，也无所谓价值高低，而是做官这种活法不适合自己，是一种本能的排斥。而序言中的吞吞吐吐，犹疑不决，说明那个时候心里还无法完全割舍掉所谓清浊的既存价值观。彷徨许久之后，终于决定直面自己的彷徨，遵从自己的感觉，辞官归隐。于是，陶渊明得到了自我实现的隐逸。

（2）官隐两立——白居易的隐逸

隐逸虽说是一种活出自我的生活方式，但其困难在于如何谋生，这也是陶渊明犹豫不决的原因之一。白居易（772—846），字乐天。他以做官为生活的保障，以隐逸获得心灵的自由，过着两者兼有的生活。

唐代官员几乎都有左迁经历，白居易也不例外。他年轻时便成为高级官吏，升迁很顺利。不过隐退官场、体味个人生活中的快乐这种想法，在他一开始做官时便产生了。他将此称作"闲适"。白居易五十三岁时买下洛阳履道里的一处宅院，寻求"闲适"的想法得以完全实现。虽然这之后白居易依然做了一段时间的官，但在五十八岁至七十五岁的晚年生活里，他充分享受了悠然自得的生活。

白居易五十八岁后的官职为太子宾客。此官职为闲职，但有俸禄，有名誉，有地位。身为官则生活有保障，无实职则可获得与隐逸相同的身心自由。换言之，官与隐，兼而得之。

白居易将这样的隐逸称为"中隐"。原先是将隐于山林的平凡隐者称作"小隐"，将居于市井者这种真的隐士称"大隐"，白居易继承这种称法，将亦官亦隐称作"中隐"。他认为这是一种理想的生存方式，且异常满足。

中隐

大隐住朝市，小隐入丘樊。

> 丘樊太冷落，朝市太嚣喧。
>
> 不如作中隐，隐在留司官。
>
> 似出复似处，非忙亦非闲。
>
> 不劳心与力，又免饥与寒。
>
> 终岁无公事，随月有俸钱。
>
> ……

就这样，白居易在履道里的宅邸中，装饰着庭园，享受着每一日，沉醉于欢愉里（请参看第四章第 1 节）。自此以后，白居易的诗歌几乎都唱颂着这份欢乐和闲适。

与陶渊明不同，正因为白居易在当时的官场中有着举足轻重的地位，才能获得物质与精神双丰收的生活。他常说"自足""自适"，这是他的心声。物质条件并不一定能满足自己的欲望，反倒是无法满足欲望更平常些，况且人的欲望又是无休止的。关键在于要能在有限的物质条件中获得满足（自足），并在其中体验快乐（自适）。

另一处需要留意的是，尽管白居易在诗和文中常常提到安逸生活的幸福，但无论如何这只是作品中描绘的生活罢了。所谓"苟非理世，安得闲居"（《序洛诗序》），不过是句戏言。当时正逢"甘露之变"爆发前夕，朝臣、宦官、藩镇（支配地方而不受朝廷节制的节度使）三大势力斗争越发持久，朝内党争越发激烈，氛围异常紧张。白居易尽力远离复杂严峻的权力斗争，故意对险恶局势"视而不见"，构建起想象中的"闲适文学"，从某种意义上讲这是"乐园文学"。白居易因将自己置身其中，所以他构筑的虽不是完全架空的世界，但他摒除了生活中的纷纷扰扰，为我们展现了一个被净化过的乐园世界。

白居易构建的乐园世界虽然也基于想象，但与其他文人不同，他确实乐在其中，获得了生活的满足。他对从日常平凡生活中获得的乐趣进行了前所未有的具体描绘，这种对生活细节的展现在他之前的文学作品中是很少见的。陶渊明、杜甫等文学巨匠已经开始将日常生活的感触细腻地写进作品里，渐渐地，文学脱离了公式化表达，向着展现栩栩如生的现实生活转变。

此后，宋代士大夫中越来越多的人开始注重精神世界的平衡，即白居易的所谓"中隐"。为官者一面从事着他们的工作，一面从世俗中剥离出来，自得其乐，追求内心的平和。这是士大夫的另一种生活方式，是精神依托。

第三章　古代的乐园

人们追求的"另一个世界",一种是难以确认的仙界,另一种是现实中虽能实现,但不易进入的隐逸世界。这两种"另一个世界"都各自衍生出丰富的文化意向。而与理想状态的"乐园"更相似的"另一个世界"只出现于中国古代较早时期,其后便难觅踪迹。那么,中国古人的乐园思想是什么样的呢?本章将一探究竟。

第1节　乐土

(1)《诗经》中的乐土

在中国的语言中,与"乐园"一词最接近的是"乐土",这个词首见于中国最古老的诗集《诗经》中。《诗经》汇编了至公元前6世纪左右数百年间的歌谣。魏地之歌《魏风》中有一篇题为《硕鼠》的诗歌,里边出现了"乐土"一词。

硕鼠硕鼠,无食我黍!三岁贯女,莫我肯顾。逝将去女,适彼乐土。乐土乐土，爰得我所。

　硕鼠硕鼠，无食我麦！三岁贯女，莫我肯德。逝将去女，
适彼乐国。乐国乐国，爰得我直。

　硕鼠硕鼠，无食我苗！三岁贯女，莫我肯劳。逝将去女，
适彼乐郊。乐郊乐郊，谁之永号。

　　此诗四言成一句，八句为一章，以叠句连写三章，遂成一篇。
据汉代注释《诗经》的《毛传》（西汉毛氏注）和《郑笺》（东汉郑
玄对《毛传》的疏解）所解，全诗表现了因重税不堪其苦的庶民的
心声。按此理解，则硕鼠是暗喻横征暴敛的君主或其属下官吏。逃
离出去，可以期待的地方就是"乐土"。全诗各章为了押韵，换了
几个文字，如"乐国""乐郊"，但意思都是安乐之地。《郑笺》对
最后一句注解道："言皆喜说无忧苦。"有喜无忧，正所谓乐园。此
三章，每一章前四句都是写长期被巧取豪夺，得不到半点恩惠的残
酷状况，后四句歌唱一种脱离苦难、去往安乐之地的愿望。

　　这首朴素之歌，展现出昔人一面被征缴折磨得苦不堪言，一面
对去往没有苦难的世界而喃喃祈愿，令人无限同情。

　　但安乐之土不过是愿望，哪能真去到呢？乐园不过是一种祈
愿、一种梦想，无法成为现实世界，这也正是乐园的一个重要特
征。因此，它只存在于文学里，而非历史中。

　　那么，人们希求的"乐土"是什么样的地方呢？全诗则根本没
有提到，只要没有抢我麦黍的"硕鼠"，没有无休无止的"永号"，
就足够了。换句话说，只要没有现世之苦的地方，就是乐土。郑玄
所说的"皆喜说"，是什么样的喜悦呢？全诗也没有提及。或许，

对于饱受掠夺之苦的人们来讲，只要无此苦，就是十足的喜悦吧。

乐土的具体情况无从知晓，应该确定的是乐土并非指某个实际存在的场所，而是代表梦想中的没有忧苦之处。全诗中，虽没有说明乐土是何所在，但却表现出一种欲求，一种比起去往乐土，更希望逃离现世的强烈欲求。

（2）关于"乐土"的民间故事

《韩诗外传》（汉代）引《诗经》中的诗句讲一些忠告警语，其中关于《硕鼠》一诗，有这样一段话：

> 昔者桀为酒池糟堤，纵靡靡之乐，而牛饮者三千，群臣皆相持而歌……伊尹知大命之将去，举觞造桀曰："君王不听臣言，大命去矣，亡无日矣。"桀拍然而抃，盍然而笑曰："子又妖言矣。吾有天下，犹天之有日也，日有亡乎？日亡，吾亦亡也。"于是伊尹接履而趋，遂适于汤，汤以为相。可谓适彼乐土，爰得其所矣。诗曰："逝将去汝，适彼乐土；乐土乐土，爰得我所。"（《韩诗外传》卷二第二十二章）

上面这段话如果单从改变现有状况这点上看，和《硕鼠》本意并不相悖，但所表现出的意思却与《硕鼠》大不相同。伊尹的愿望是离夏佐殷，以建功立业，从夏王朝中脱离出来之后的事情才是主要的，明显不是向往《硕鼠》中所谓的乐土。《韩诗外传》关于《硕鼠》一篇还有一段话：

　　　　楚狂接舆躬耕以食。其妻之市，未返，楚王使使者赍金
　　百镒，造门曰："大王使臣奉金百镒，愿请先生治河南。"接舆
　　笑而不应，使者遂不得辞而去。妻从市而来，曰："先生少而
　　为义，岂将老而遗之哉！门外车轶，何其深也！"接舆曰："今
　　者王使使者赍金百镒，欲使我治河南。"其妻曰："岂许之乎？"
　　曰："未也。"妻曰："君使不从，非忠也；从之，是遗义也。
　　不如去之。"乃夫负釜甑，妻戴纴器，变易姓字，莫知其所
　　之……诗曰："逝将去汝，适彼乐土；乐土乐土，爰得我所。"
　　（《韩诗外传》卷二第二十一章）

　　这段记载只写到接舆离开楚国，至于去向并未说明，也没说他
向往"乐土"，与前文所引一段是相同的。

　　从经书（如《诗经》等儒家经典）中的语句派生出的一些故
事，大体都是这样子，是结合某一具体的人物而展开的。本来经书
中的记载并不是针对特定的某个人，而是自然而然地产生于民间。
如果在流传的过程中与个人相结合的话，则其内容所表现出的意义
也会变得狭隘。上述《韩诗外传》中的两则故事，都有着浓厚的儒
家色彩，这种派生出的故事反而与《硕鼠》的主题相左，这就更加
说明《硕鼠》表现的是一种憧憬，以及伴随着憧憬的悲凉，也更加
说明对于"乐土"的向往是这首诗的一个重要元素。

（3）杜甫吟唱的"乐土"

　　相比之下，到了唐朝时期，杜甫（712—770）在其诗中所提
到的"乐土"，比《韩诗外传》中的更接近《硕鼠》一诗的本质。

杜甫辞官离开长安，居身秦州，仍不免为生活所苦，于是又去往同谷县。在这期间，他写下了《发秦州》一诗，开头部分这样写道：

> 我衰更懒拙，生事不自谋。
> 无食问乐土，无衣思南州。
> 汉源十月交，天气凉如秋。
> 草木未黄落，况闻山水幽。
> 栗亭名更嘉，下有良田畴。
> 充肠多薯蓣，崖蜜亦易求。
> 密竹复冬笋，清池可方舟。
> 虽伤旅寓远，庶遂平生游。

免受饥寒是生存的最低条件，不受饥饿困扰的"乐土"在哪里？即便无衣也能度日的南国，也不免使作者思绪飞驰。而现在要去的同谷县，到了入冬时节，依旧草木上青，有一些秋爽。"栗亭"这个地方，从名字上看，似乎栗子很多，农田也会很肥沃。芋头、蜂蜜、竹笋……其描绘的净是可以果腹的食物。

作者想象的殷实易居的同谷县，实际情况却如何呢？为果腹，他竟像猴子一般捡食橡果（《乾元中寓居同谷县作歌七首》其一），等待他的只有这个讽刺的结果。

从诗的第一句"我衰更懒拙，生事不自谋"来看，杜甫后半生几乎都是靠投奔他人维持生活。秦州也好，同谷也罢，逗留时间都很短，这是因为生存得不到保障。他东奔西走，就是为了寻求一块免除贫苦之地，因此对从秦州奔向同谷这片"乐土"，也是满含期待。

　　杜甫虽然期待"乐土"，但他自己恐怕也不相信世上真有这样的地方。在这不相信之中，多少希望能得到些安乐，这是一种悲痛的愿望。恐怕不仅是杜甫，《硕鼠》的作者也认为"乐土"只在念想中，不会存在于现实世界吧。也正因为如此，乐土作为一个既美好又不免悲凉的愿景，在人们心底存续了下去。

第 2 节　鼓腹击壤——古代的太平之世

（1）太平之世的老人

　　太古尧时期，一位老人在路边歌唱道：

　　　　日出而作，日入而息。凿井而饮，耕田而食。帝力于我何有哉！

　　这首歌中"作""息""食"皆押韵，最后一句"帝力于我何有哉"则并未押韵，可能是歌唱完毕的老人自己所说的一句话。按东汉王充《论衡》（《艺增篇》《须颂篇》）所引，最后一句为"尧何等力"，"力"则押韵，可见这一句也是这首歌谣中的一句。但两句的意思是一样的，都是"帝王之类，与我何干"之意。原句精简了一些，但与老人想表达之意相同。在理想的圣人尧的时代里，人人都与这位老人相同，并不关心尧的存在，幸福地过着每一天。

《艺文类聚》(卷十一《帝王部·帝尧陶唐氏》)引《帝王世纪》一书,记载了一些这首歌谣的背景:

> ……天下大和,百姓无事,有五十老人,击壤于道,观者叹曰:大哉,帝之德也,老人曰:吾日出而作,日入而息,凿井而饮,耕田而食,帝何力于我哉。于是景星曜于天,甘露降于地,朱草生于郊,凤皇止于庭……

依《隋书·经籍志》的杂史类,《帝王世纪》有十卷,晋朝皇甫谧(215—282)撰,记述太古至汉魏的帝王事迹,已佚,今只见于他书所引。

(2)何谓击壤

叫作"击壤"的这种游戏令老人玩性大发,西晋周处(236?—297[1])的《风土记》(此书亦为佚书,依《文选》卷二十六所引谢灵运诗《初去郡》李善注)中有这样的说明:

> 击壤者,以木作之,前广后锐,长四尺三寸,其形如履。将戏,先侧一壤于地,遥于三四十步,以手中壤击之,中者为上部。

依此看来,"击壤"应是投掷游戏的一种。《太平御览》卷

---

[1] 据陆机《晋平西将军孝侯周处碑》,周处死于元康九年(299)。

七百七十五《工艺部》"击壤"条，对击壤这一游戏有着详细记载。

　　按照这种解释来看，"击壤"似乎是孩子们的游戏。与此不同的是，也有将其解释为一种边打拍子边吟唱的游戏。西晋张协的《七命》(《文选》卷三十五) 描绘了一幅和谐世态的画面，其中有一句：

　　　　玄韶巷歌，黄发击壤。

意思是孩子们在路边唱歌，老人们击壤。虽然将其理解为一种游戏也无不可，但《五臣注文选》(唐代五人注《文选》，使其通俗易懂，以进献皇帝) 中写道："谓玄发童子，黄发寿人，并歌谣于衢巷田壤之中也。"黑发孩童，黄发老人，大家一起在街巷田地上唱歌，由此看来，"击壤"并不像是游戏。

　　不过，如果将《五臣注文选》中的这一句理解为在"田壤"中"击打"(打拍子)，则又是一种解释。《文献通考·乐考》记载，"壤"并非"田壤"，而是木头制作的一种孩子玩的乐器。可能类似于响板。[1] 按照此种解释，"壤"则是一种打击乐器，"击壤"便是敲打这种乐器来娱乐的意思。

　　看来"击壤"的意思并无定论，但无论哪种解释，它都是孩子的游戏，这一点是不变的。那么老人兴致勃勃地玩着孩子的游戏，则说明其人虽老，但童心未泯，这又进一步说明其生活没有困苦，

---

[1]　流行于西班牙、意大利民间的打击乐器，用绳子拴着两片贝壳形木片撞击发声。类似于我国的竹板。

所以将这一现象看作社会和谐安稳的象征是最合理的一种解释。

（3）不分老幼

对于"击壤"这个故事，如果再略牵强地做另一种解释倒也并非不可。从老人玩孩子的游戏这点上看，或许其意味着老人与孩子的差别消除了。长幼有序，是我们日常世界建立起的一种秩序，将这种秩序消除，则显示出在建立秩序之前的一种混沌状态。混沌状态，才是终极之幸福，其中或许流露出这种认识吧。

在长幼混同，描写孝行的故事中，"老莱子斑衣戏彩"一则故事广为人知。《艺文类聚》（卷二十《人部·孝》）中有：

> 老莱子孝养二亲，行年七十，婴儿自娱，著五色采衣，尝取浆上堂，跌仆，因卧地为小儿啼，或弄乌鸟于亲侧。

有一本叫作《蒙求》[1] 的书，是专为初入学的孩童编写的，全书以四字成语将广为人知的故事写出来。老莱子的故事也被编入，叫作"老莱斑衣"，就连送朋友归省的诗中也有"借取老莱衣"[2] 等文雅的句子，可见其流传之广。有种说法是老莱子即老子，但不论如何，其终究是一个来历不明之人，这样的人物在老庄一派著作中尤多。从其名字来看，应是位老人。年已七旬的老莱子在父母面前扮婴儿状，其行为被认为是孝行。老人扮演婴儿，亦可理解为打乱

---

[1] 唐朝李翰编著，内容为介绍掌故和各科知识，是一本旨在教儿童识字的课本。

[2] 诗见唐朝赵嘏《送韦处士归省朔方》："到家翻有喜，借取老莱衣。"

了现实的秩序。但这种行为怎么可以被视作孝呢？有一种比较特别的解释是，将其视作孝行，是建立在对亲子关系的深刻的理解之上的。这种解释认为，孩子在婴儿时期与父母的关系最为融洽，扮演婴儿，回到原始状态，是在呼唤最理想的亲子关系，这才是真正的孝道。

我对完全进入婴儿角色的老莱子身穿斑衣这一点也颇感兴趣。英国文学家高桥康也曾提到过卡斯帕尔·豪泽尔[1]的例子。卡斯帕尔·豪泽尔自幼与世隔绝，关着他的人让他看窗外的风景，他不知道眼前的是田野或是小河，在他眼里一切都是斑点的模样（此事例在种村季弘《谜之卡斯帕尔·豪泽尔》中也有提及）。而将眼前事物都看作斑点，应该是在认识世界之前的混沌状态。老莱子身穿斑衣，也表现出一种混沌原始的至福状态，而这不正是婴儿所具有的状态吗？

（4）终极政治

那么，我们回到击壤的老人这一话题，从老人所歌之文脉来看，老人击壤作乐的姿态正表现了尧的无与伦比的治世，但其并非赞美尧，恰相反，他反复提及这种令自己十分满足的生活，与尧没有任何关系。正因为百姓感觉不到为政者的存在及其统治力，方可谓终极政治，这也是这段诗文的主旨。

---

[1]　卡斯帕尔·豪泽尔（Kaspar Hauser），19世纪德国著名神秘人物。据说他自出生就被陌生人关在一间小黑屋中，16岁时才被释放。他只会讲一些简单的话语，对人类文明一无所知，后又莫名其妙地被杀害。关于他的一切似乎都是谜，于是有了当年震惊全欧洲的"卡斯帕尔·豪泽尔神秘事件"。

终极的政治，仿佛没有为政者，这种想法很明显与"垂衣而治"相合。众所周知的"垂衣而治"语出《周易·系辞下》："黄帝、尧、舜，垂衣裳而天下治，盖取诸乾坤。"晋之韩康伯于此处有注。其注着眼于"衣裳"和"乾坤"的关系。他的解释是，正如天地有上下之分，衣裳亦能表现贵贱之分，身份之贵贱，确立了世界之秩序。但后代的解释与之不同，是着眼于"垂衣裳"一词，认为垂手而立无所为的无为政治方能实现完美的治世。比如，宋代郭雍（1091—1187）在《郭氏传家易说》中写道："垂衣裳而天下治，谓无为而治也。"[1]

因此，老人击壤而唱"帝力于我何有哉"也好，黄帝、尧、舜"垂衣裳而天下治"也好，都表现了终极政治是当政者无所为，百姓感觉不到为政者的存在这种思想。这种政治，与其说是为政者为了百姓安居乐业而实施的善政，倒不如说是一种超前的政治观。何为善政当然也是一个问题，但这点暂且不论，就算是施行善政，人们还是可以感受到自己在当政者的统治下的一种被支配感。若是人们在经营自己的生活时感觉与当政者无关，才是真正从被支配的命运中解脱了出来。这份解脱的欢喜，在老人所唱之歌中表现得淋漓尽致。

（5）回归原始

当人们摆脱了被支配的命运，完全感觉不到政治之力时，会是怎样一种生存状态呢？老人所唱之歌中的生存方式，是日出而作，

---

[1] 卷八。

日落而息的原始生活方式。在其眼里，没有文明带来的各种琐事的介入，起床、吃饭、睡觉，与动物无甚差异的生活是最理想的。

脱离文明带来的恩惠和灾难，回归原始，是老庄思想对于政治的考虑。与击壤老人相似的话题，竟然在《庄子》中也可以找到。《庄子·让王篇》记述了一些拒绝接受王位禅让的人的故事。其中一位叫作善卷，舜欲以天下让之，他说道："余立于宇宙之中，冬日衣皮毛，夏日衣葛絺；春耕种，形足以劳动；秋收敛，身足以休食。"后边一句，写到了与自然融为一体的生活，与击壤老人所歌极为相似：

日出而作，日入而息，逍遥于天地之间而心意自得。

"作""息""得"押韵。后边又写道："吾何以天下为哉。悲夫，子之不知余也。"于是，他拒绝了舜的禅让，隐于山林。

善卷与拒绝尧的禅让的许由十分类似，都是希望与政治毫无瓜葛，在大自然中自足地活着。一般认为《庄子》的《让王篇》成书于西汉时期，可知在西汉时期，人们就将"日出而作，日落而息"这种原始生活看作一种幸福的生活方式了。

《庄子》中所描绘的是一个拒绝接受王位禅让的男子，唱着与击壤老人极为相似的歌谣。这种生活方式体现出的思想更接近老庄一派。但《论语》中却有一段孔子对于击壤老人所歌之语的解释。在《论语·泰伯篇》中，孔子对尧赞颂道：

大哉尧之为君也！巍巍乎！唯天为大，唯尧则之。荡荡乎！民无能名焉。巍巍乎其有成功也！焕乎其有文章！

东汉王充《论衡·艺增篇》节录此条，并在后边写道："传曰：'有年五十击壤于路者，观者曰：'大哉！尧德乎！'"紧接着记载了老人之歌。王充此处的"传"如果视作对《论语》的注解，则是以孔子"大哉尧之为君也"这一句为背景，引出击壤的故事。此处再多说一句，王充对"民无能名焉"一句的解释是"乃欲言民无能名"，也就是说孔子虽然知道尧的伟大，但却批判了民众的无知。王充这种解释应该只能视作一家之言。

但从王充这种"误解"来看，表面上儒家和道家都认为尧是圣君，实则大有不同。两家对尧虽都有赞颂，但都未明述尧究竟实施了哪些具体的政策。从《论语》的角度讲，尧的伟大在于人们无法说出他有什么不好之处。而击壤的故事则是通过老人感觉不到自己的生活与尧有任何关系，来表现百姓感受不到统治者存在才是至上治世的理念。终极政治是感受不到统治力，"垂衣而治"的无为政治才是老庄一派的理想。

（6）至福之世

击壤老人生活的那个世界，在中国也被视作是一种令人向往的乐园。依太阳的升起与落下而起居，毫无人为刻意之事介入，这种最原始的生活方式在那个世界里是可能的。而且在那个世界里，人们并没有刻意去寻找欢乐，但老人却尽情地享受着生之快乐。这在其所玩的击壤游戏及其所唱之歌中表现无遗。对于人来说，每日如动物一般完全与自然融为一体则是一种至福状态。生活在尧时代的这位老人，其生命不久也会终结，而那个时代的其他人也都一样，有人生，有人死，从生至死，生死反复。

（7）鼓腹

老人击壤这则故事，表现出一种政治观，即超越人为政治的一种理想政治。与此相同，《庄子·马蹄篇》记载了鼓腹这一行为，与击壤类似，也表现出古代的幸福生活，表现出生之喜悦。

> 夫赫胥氏之时，民居不知所为，行不知所之，含哺而熙，鼓腹而游。民能以此矣！及至圣人，屈折礼乐以匡天下之形，县跂仁义以慰天下之心，而民乃始踶跂好知，争归于利，不可止也。此亦圣人之过也。

关于"赫胥氏"，也是上古的理想世界，下节会专门论述。在那个时代，人们的生活范围很固定，并没有什么真正意义上的工作，却不愁吃穿，幸福地生活着。而儒家却在社会结构和人心中加入了人为的要素，导致原始的至福状态崩溃了。这里很明显地表现出老庄的思想，即认为没有产生智慧技巧之前的状态是理想的。

《庄子》这段记述中有一句"含哺而熙，鼓腹而游"。唐朝成玄英疏："既而含哺而熙戏，与婴儿而不殊；鼓腹而遨游，将童子而无别。"这是说，鼓腹如前边所述的击壤一样，人们像孩子一样尽情玩耍是古代理想社会的表现。

击壤也好鼓腹也好，都是上古传说。赫胥氏也罢尧也罢，都是代表实现了原始至福状态的时代。中国的历史观是一种下降史观，就是说人们都认为越往前的时代越美好，而随着时间的推移则一代不如一代，所以上古时代最符合人们心中的理想时代。但此处与其从历史观着手讨论，倒不如比较一下与伊甸园的相似性。开天辟地之前，亚当、夏娃在伊甸园幸福地生活着。后来二人吃了智慧的苹果而遭驱逐。这与《庄子》中认为上古之世因儒家强调人智而崩溃是相似的。两者的共通之处在于，都坚定地认为当今时代是已经丧失了幸福状态的时代，换句话说，都认为乐园已经不复存在。但两者表现出的并非期望乐园复得，而是对乐园丧失的哀叹。

（8）鼓腹击壤

鼓腹和击壤都表现出太古时代人类最理想的状态，这点是共通的。两者结合，形成了"鼓腹击壤"这一成语。这个成语广泛流传开来应是源于《十八史略》。

《十八史略》相传成书于宋末元初，曾先之编写，被视作历史启蒙读物。卷一《五帝、帝尧陶唐氏》记载：

> 有老人，含哺鼓腹，击壤而歌曰："日出而作，日入而息，凿井而饮，耕田而食，帝力何有于我哉。"

《十八史略》是基于十八部正史而成，故得名《十八史略》。但正史中，《史记·五帝本纪》中也有对于尧的记载，却不见鼓腹击壤之故事。可知《十八史略》中编入了一些尊崇无为政治的内容。

（9）小国寡民

"鼓腹击壤"所表现出的理想社会，是一种感觉不到统治者存在的原始共同体。这与老子的"小国寡民"思想是一致的。《庄子·胠箧篇》有类似记述，但在《老子》八十章中这一思想则更为明显：

> 小国寡民，使有什佰之器而不用，使民重死而不远徙。虽有舟舆，无所乘之；虽有甲兵，无所陈之。使民复结绳而用之。甘其食，美其服，安其居，乐其俗，邻国相望，鸡犬之声相闻，民至老死，不相往来。

《老子》并非全面否定文明，只是强调即使有可使生活便利的工具也不"使"用，并不是没有。"使"这一字带有使役色彩[1]，虽然没有明说，但意思是统治者不可刻意支配人民，这与否定统治者的存在是有区别的。《老子》也认为原始共同体是最理想的世界，同时也认为如果没有如此理想的状态，起码要能够衣暖食足，这也是一种比较理想的状态，这与鼓腹击壤的世界是相似的。换句话说，就如鼓腹击壤之人，满足于现有的条件，除此之外没有多余的欲望，这就是理想的世界。

---

[1]　意思是，不使其成为可用之物。

第3节　华胥氏之国

（1）遥不可及的理想乡

　　鼓腹击壤的故事，描绘的是上古时代的理想世界。还有一个例子，却不是描绘过去时代的世界，而是同时代的遥远之地的一个乐园。虽说是同时代，这个时代也是很久远的，只不过对于乐园的追寻不是追溯远古，而是寻求于偏远之地。其中之一便是"华胥氏之国"（也作"赫胥氏"）。《庄子·胠箧篇》中有记载，《列子·黄帝篇》的记载则更为详细。其开篇写到，比尧还要久远的黄帝，即位十五年，面色憔悴，又过十五年，困苦疲劳于统治天下。紧接着又说道：

　　　　黄帝乃喟然赞曰："朕之过淫矣。养一己其患如此，治万物其患如此。"于是放万机，舍宫寝，去直侍，彻钟悬。减厨膳，退而闲居大庭之馆，斋心服形，三月不亲政事。

　　　　昼寝而梦，游于华胥氏之国。华胥氏之国在弇州之西，台州之北，不知斯齐国几千万里；盖非舟车足力之所及，神游而已。其国无师长，自然而已。其民无嗜欲，自然而已。不知乐生，不知恶死，故无夭殇；不知亲己，不知疏物，故无爱憎；不知背逆，不知向顺，故无利害：都无所爱惜，都无所畏忌。入水不溺，入火不热。斫挞无伤痛，指擿无痟痒。乘空如履实，寝虚若处床。云雾不硋其视，雷霆不乱其听，美恶不滑其心，山谷不踬其步，神行而已。

> 黄帝既寤，怡然自得，召天老、力牧、太山稽，告之，曰："朕闲居三月，斋心服形，思有以养身治物之道，弗获其术。疲而睡，所梦若此。今知至道不可以情求矣。朕知之矣！朕得之矣！而不能以告若矣。"
>
> 又二十有八年，天下大治，几若华胥氏之国，而帝登假。百姓号之，二百余年不辍。

呕心沥血，想要一手建立无与伦比的治世的黄帝，到头来身心俱疲。就在此时，他梦游华胥氏之国，并以此为蓝图，终于实现了这个梦想，黄帝也被万民仰慕。

在这段记述中，华胥氏之国究竟在何处并未细说，只说是在弇州之西，台州之北。而此处的弇州、台州也并非实际行政区的名字，而是"九州"之属。而《淮南子·墬形训》中所言"九州"与《尚书》禹贡中之"九州"含义有所不同。《尚书》所言"九州"是指全中国分成了九个部分，而《淮南子》所言"九州"则是指以被叫作"冀州"的一州为中心，周围八方各有一州。按这种分法，中国也不过是九州之一，位置在东南，被称作"神州"。弇州在西，台州在西北。而华胥氏之国则比西之弇州更靠西，比西北之台州更靠北。打个比方，就好像远在银河系之外，一般的交通工具自然是去不了的，只能靠"神游"到达。

只能靠"神游"而至的华胥氏之国，既不在天上，也不在地里，而是与现实的国家同在一个平面上。将其位置设想为与现实之国在同一平面的最远处，可见虽说其是不存在的，但却表明这个国家与现实之国是相邻的。在道家看来，在天界之上，依高度不同被分成了不同级别的世界。华胥氏之国与现实之国相邻，可见其与天界不同，而相邻又包含有可能到达的一层含义。

（2）身份平等之国

若列举华胥氏之国的特征，首先是"其国无师长"，即没有统治一方的首领。没有首领，就意味着没有身份的差别，以及没有阶级之分，没有作为国家秩序根基的上下之序。乍一看，这与桃花源颇有着共同的特征，理想之国都是人人平等的。但不同的是，华胥氏之国没有刻意标榜平等的价值观，换句话说，没有上下之差别，首先强调的是人为的秩序划分。

除了没有上下差别之外，华胥氏之国还否定了一切。没有爱憎，没有利害，没有这，没有那，甚至没有感情。这并不是人们得到了解脱，而是一开始便把所有作为人类的要素剥离出去了。这是那个国家的人们存在的方式。

人是有感情的，由感情而生出好恶，由感情而生出爱憎。正因为此，便生出烦恼，让人觉着生之不易。没有喜怒哀乐，人内心便没有波澜，世上也不会有争吵。但是，内心没有起伏，没有感情，还能叫作人类吗？若如此，大概人类也不会存在了吧。

感情是人世间苦恼、懊恼的根源，也同时证明着人为什么可以被视作人。人类的本质，本身就是一种无法免去苦恼、懊恼的存在。这种认识，从对华胥氏之国的这段描述便可得知。其国人，不具备作为人的各种要素，从鼓腹击壤的原始状态，进一步到了把人类都否定掉的地步。

在对华胥氏之国的一段描述中，可以看到其对人类的本质有一番深刻的探查。但是，黄帝神游之后，回到现世，仿其国，"天下大治，几若华胥氏之国"。作为首领的黄帝，模仿没有首领的华胥氏之国，可谓有些自相矛盾。可见《列子》的思想多少有些杂糅。从黄帝达成治世这一结果来看，比起老庄，更像儒家。作为观念产物的华胥氏之国，一旦被为政者用作治国的规范和模本，即便是理想之乡也会沾染上政治色彩。

（3）《华胥国物语》

在江户时代，大阪知名私塾怀德堂的儒者中井履轩（1732—1817）[1] 撰有一篇名为《华胥国物语》的和文。这篇文章中所写的都是非常现实的如何实现善政的问题。如避奢从俭，赋税减半，土地分与佃农，开垦荒地，提倡武士参与农业生产，等等。具体措施，一桩桩一件件，事无巨细，甚至还罗列出不少数据。中井履轩有一本题为《华胥呓语》的和文随笔集，其中第一节《华胥国记》记载，他自己居住的宅子便叫作"华胥国"，并且他还进行了一番详细描写。可见中井履轩是何等向往华胥国。但他向往的并非《列子》中所描述的舍弃了人类要素的华胥国，只是借华胥之名，希望在当时日本的现状中寻求可能实现的政治理想罢了。

（4）建德之国

还有一个与华胥氏之国相同的理想乡，叫作"建德之国"。《庄

---

[1]　中井履轩，日本江户时代中后期的哲学家，代表作有《七经雕题》《七经逢原》等。

子·山木篇》这样写道：

> 　　市南宜僚见鲁侯，鲁侯有忧色。市南子曰："君有忧色，何也？"鲁侯曰："吾学先王之道，修先君之业；吾敬鬼尊贤，亲而行之，无须臾离居；然不免于患，吾是以忧。"市南子曰："君之除患之术浅矣！夫丰狐文豹，栖于山林，伏于岩穴，静也；夜行昼居，戒也；虽饥渴隐约，犹旦胥疏于江湖之上而求食焉，定也；然且不免于罔罗机辟之患。是何罪之有哉？其皮为之灾也。今鲁国独非君之皮邪？吾愿君刳形去皮，洒心去欲，而游于无人之野。南越有邑焉，名为建德之国。其民愚而朴，少私而寡欲；知作而不知藏，与而不求其报；不知义之所适，不知礼之所将；猖狂妄行，乃蹈乎大方；其生可乐，其死可葬。吾愿君去国捐俗，与道相辅而行。"

"建德之国"是什么样的地方，此文并未明言。文中说这个国家在南越，南越一词在《庄子》中也只见于此一处。南越并非指具体某个所在，此处指遥远的南方，是一个假想的模糊的地方。此处西晋郭象注："寄之南越，取其去鲁之远也。"是说南越距离现实中所居住的土地十分遥远，远到即便存在也无法到达，远到不知其是否真正存在。远离现实中的土地，这也是乐园的条件之一。

"南越"，还有一个乐园的要素，就是"南"这个方向。换句话说，在乐园中，生产生活不至于太辛苦都要受惠于温暖的气候。而南方终年气候温暖，食物丰富，也不需要为缝制衣服大费周折。先前所说的"华胥氏之国"，在比中国还要大一圈的西北方向，只说其远，可见此处"暖"这个要素是新加入的。

黄帝疲困于治国时，梦游"华胥氏之国"。这里有人建议鲁侯去"建德之国"，也是因为鲁侯虽然为政勤勉，却摆脱不掉无休无止的忧患。鲁侯孜孜不倦，实行"先王之道，先君之业"的儒家政治。儒家走不通了，便转向老庄，不过"建德之国"这个名字却是原汁原味的儒家味道。

（5）谢灵运的"建德之国"

"建德之国"有些类似乌托邦。在南朝宋谢灵运（385—433）《游岭门山》一诗中出现了"建德乡"的名字。这首诗作于永初三年（422）冬，谢灵运当时三十八岁，写的地点是永嘉（浙江省温州市）。时年五月，宋武帝（刘裕）崩，少帝（刘义符）即位。谢灵运与颜延之共侍少帝。但朝政却被少帝的对头徐羡之、付亮、谢晦等人把持，于是谢灵运遭受排挤，被逐出都城，左迁为永嘉太守。永初三年七月，谢灵运从都城出发，经始宁（浙江省绍兴市的上虞区和嵊州市一带），八月到达永嘉郡。景平元年（423）秋，谢灵运辞官至始宁归隐。所以其在永嘉不过一年的时间，但其山水诗基本上都于此时写就，即左迁期间。

诗的标题中"岭门山"一地，据《大清一统志·温州府》记载，在平阳县（浙江省温州市平阳县），山分左右两翼，中间夹坡如门，故称岭门。

　　　　西京谁修政？龚汲称良吏。

　　　　君子岂定所，清尘虑不嗣。

早莅建德乡，民怀虞芮意。

海岸常寥寥，空馆盈清思。

协以上冬月，晨游肆所喜。

千圻邈不同，万岭状皆异。

威摧三山峭，濑洄两江驶。

渔舟岂安流，樵拾谢西芘。

人生谁云乐？贵不屈所志。

首句提到的"龚"指龚遂，西汉宣帝时期的渤海郡太守（《汉书》卷八十九），"汲"指汲黯，西汉武帝时期的东海郡太守（《史记》卷一百二十，《汉书》卷五十），二人皆为地方之长，因施善政被史书记载下来。特别是汲黯，他体弱多病，经常闭门不出，但一年左右，东海郡便得以大治。谢灵运虽然嘴上说自己无法继承无为而治的两位前贤之遗风，但作为一方之长的他，还是将自己与龚、汲二人作比。

诗中提到周初虞、芮两国，其国君见周人相互谦让，两国遂止戈（《史记·周本纪》）。可称作建德乡的永嘉之地，百姓亦有谦让之美德，诗人遂将永嘉比作建德之国。永嘉素来平和，无诉讼之事，太守也因此无事可做，于是可以任游山水之间。这恰恰也是诗人自己的志向所在。全诗最后写道，自由自在地活着，方能获得充实的人生。

谢灵运虽然这么说，但这首诗所写的内容还是经过一番粉饰的。《宋书·谢灵运传》记载，其到永嘉之后，或十日或一月便游于山水之间。"民间听讼，不复关怀"。他寄情于山水，自然是有被贬出都城，郁郁不快的原因。但他却说是因为此地如同建德乡一般，百姓相安无事，所以为政者没有出力的必要。永嘉自然不是建德乡，但可知所谓建德乡，是不需要统治者出力，人们幸福地生活着的地方。

顺便提一句，梁朝江淹（444—505）模仿过去代表诗人而作的连作诗《杂体诗三十首》(《文选》卷三十一）之中，也有提到"建德乡"一词，可见是模仿谢灵运之作。如：

> 幸游建德乡，观奇经禹穴。

《文选》所载谢灵运之诗中，不见"建德乡"一词，看来这些诗在谢灵运的作品中不算著名。而江淹的模仿诗中却有此词，或许谢灵运还有一些提及"建德乡"的诗作没有流传下来。

但其后，中国的诗作中，再不见"建德乡"一词。"华胥氏之国"也好，"建德乡"也罢，都出自《庄子》，是理想国的代称，而中国文人对此却令人意外地冷淡。看来在儒家思想的指导下，"华胥氏之国"和"建德乡"最终没能成为有别于现实的理想之国的形象。

第四章　人间乐园

对于追溯至遥远时代的理想之国，或是在同一个世界中却遥不可及的理想之国，中国古代的人们都曾描绘过，但后世却并未延续这一思想，而代之以在人世间建立乐园。与古代空想之乐园不同，人间乐园乃是经由自己之手在现实世界里建立起来的。

第 1 节　庭园

人们自然会生出一种欲求，即在现实中实现乐园梦想，而造园便是手段之一。乐园本来就是被围起来的一方空间，里边或有果树，或有狩猎场，是一个安全且不愁吃喝的地方，庭园就是一个满怀憧憬的人间乐园。实际上，中国历代都有一些庭园被建造。园主在其中植树，造池，使与外部相隔，建造出一块可以自由驰骋的天地。

庭园内部植有树，配有石，造有池，是将大自然有限的一部分纳入其中。面对真正的山水，人们可轻易接触到大自然，为何还要造园呢？那是因为造园可以满足人们内心深处的欲求。

欲求之一是拥有。一木、一石，置于自己的庭院中则为自己之物。因为拥有，本是大自然中的一物会变得与自己特别亲密，于是可以尽情沉浸在赏玩只属于自己之物的欢愉里。

另外，在被围起的空间里会有一种安心感。庭园即如此，它与外界相隔，这和无境无边的自然大不相同，它给人带来的一种安稳，也是人们内心所追求的。

造园，是发于人类根源性欲求的行为，带来的满足感也与人们对于乐园的追求十分相似。至少，当身在自己的庭院中时，可以忘掉苦恼，享受安乐，可以充分领略与自然融为一体的和谐感。

自己的庭园，自己所有，自己享受。也如古诗中经常写到的，还可邀请自己的挚友一同游赏。不过，庭园虽是可以自己或与挚友一起享乐的空间，但它并不是集体生活的场所。因此，庭园虽为人间乐园，但绝不是一个乌托邦。

若追溯庭园的来由，其应与古代宗教密不可分。其后，各时代都有各种各样的庭园。那么，让我们来看看主要的一些庭园吧。

（1）汉之上林苑

汉之上林苑，为秦始皇始建，汉武帝进行了扩建。地址位于长安城西郊，据说周长达到 120 公里，这个规模甚至已不能被称为庭园。其中有狩猎和军事训练的场所，还有一个昆明池，可供水军操练。目前发掘工作还在进行着，而汉代代表文学形式汉赋中对其已有一些描写。

赋这种文学形式，在日本的熟知程度不如诗和散文，只有宋代苏轼的《赤壁赋》比较知名。对于赋这种文体的解释不太容易，从押韵这点来看其像诗，从字数句数不固定这点来讲又像文。而且就算是赋，因时代不同也有变化。比如苏轼的赋，其中对句已经很少，形式更加自由。这之前自六朝至唐代，赋更注重形式美，全篇皆由四字句和六字句的对句组成。

西汉和东汉的长篇之赋，基本由少数固定的作者写就。这其中又以"京都赋"这一分类为中心，主要对都城和宫廷的豪华进行了描写，铺陈写来，绚烂恢宏。

西汉著名辞赋家司马相如（前179？—前118）的代表作之一《上林赋》便是描写上林苑的大作。此作假托亡是公之名，反复描写了"天子上林"的巨大、华丽。作品中出现的"天子"，指的便是司马相如时期的汉武帝。

《上林赋》之前篇是《子虚赋》，内容是楚国的子虚出使齐国，拜访乌有先生时提起他向齐王夸耀楚国如何广大，以致方圆九百里的云梦只能是楚之七泽中最小的一个，齐王听完默默无语。乌有先生告诉子虚，齐国靠海，其大可吞下七八个云梦，齐王之所以不语，不是惊愕于楚之大而无言以对，而是不愿意在客人面前自夸罢了。亡是公听完二人自夸之后，说你们两位所言之地比起上林苑来那实在是小之又小了，于是引出了《上林赋》。换句话说，两篇赋写的就是三人对各自国家的夸赞。从三人名字来看，子虚、乌有、亡（无）是，可知皆为虚构的人物。这种虚构人物问答的形式，日本文学史上明治时代中江兆民的《三醉人经纶问答》有所继承。《文选》中将《子虚赋》和《上林赋》分为两篇，而《史记》《汉书》中则合为一篇。

下面我们将对上林苑中所有之物进行分类和列举。以山、丘、

川开始，里边有鱼有鸟，有芳香的植物和各类动物。还有大小离
宫、果树、树林，可以狩猎、酒宴，还有侍奉酒宴的美女，真可谓
应有尽有，极尽奢华。作品中罗列的各类事物，与其说是上林苑的
实际情况，不如说是脑海中的一种观念。一般来讲，赋这种文体会
满篇铺叙各种事物，看上去像是对现实世界的描写，其实并非写实
主义，而是多为观念的产物。

篇幅很长的《上林赋》，首先从上林苑的布局入手。有周围山
川形状，其中有鱼和各种动物，以及繁茂的植物。下面我们来看看
其中的动物：

> 于是乎周览泛观，缤纷轧芴，芒芒恍忽。视之无端，察之
> 无涯，日出东沼，入乎西陂。其南则隆冬生长，涌水跃波。其
> 兽则猛㺟獏犛，沉牛麈麋，赤首圜题，穷奇象犀。其北则盛夏
> 含冻裂地，涉冰揭河。
> 其兽则麒麟角端，䮧骒
> 橐驼，蛩蛩驒騱，駃騠
> 驴骡。

从此段夸张的叙述来
看，这哪是被围起的庭园，
简直是对整个世界的描写。
从动物的名字来看，似乎
亦非实有，乃是空想。

赋中描写完离宫别馆

汉代的宫苑（传赵伯驹《汉宫图》），
台北故宫博物院藏

后，又对庭园的果树进行了一番叙述：

> 于是乎卢橘夏熟，黄甘橙楱，枇杷橪柿，亭柰厚朴。樗
> 枣杨梅，樱桃蒲陶，隐夫薁棣，荅遝离支。罗乎后宫，列乎北
> 园。贬丘陵，下平原，扬翠叶，抏紫茎，发红华，垂朱荣，煌
> 煌扈扈，照曜钜野。

其中一些果树的名字，或许连当时之人也不甚知晓。与其说这是在写有什么植物，不如说是在描述物产之丰饶，就像用夸张的预言来预祝丰收一样。尽数列举事物名称，这也是以京都赋为代表的汉赋的一个特征。

其后，又写到了天子狩猎、宴会、侍奉宴会的美女等等。但文章并未止于此，而是继续写到后来天子停止了饮酒、狩猎，将庭园改为农田，分与百姓耕作，于是结尾一变，成了对治世的称颂，成了对恩惠百姓的德政的称颂。最终子虚和乌有先生叹服，文章结束。

汉赋结构大体都是这样，写尽奢华与欢乐，结尾归结于道德上的教训，即所谓"劝百讽一"——宣扬享乐的有一百句，批评享乐的只有一句。其实末尾德治之说也不过是形式上附带一提，并不是主旨上要归结于此。汉赋这种文学体裁就是这样，会用过多的文字来描写各种快乐、奢侈、繁华。

不只是《上林赋》，汉代京都赋基本如此，围绕丰饶之美，华丽地展开，但所写不过是脑海中的想象，并不是写实际的宫苑，也不是写实际的长安和洛阳。歌颂首都的赋可以在一定程度上表现当时人们的世界观，歌颂宫廷的园林之赋表现了他们的理想，即对绚

烂富饶世界的向往，而这样的地方也只有人间之主才能拥有。

（2）南朝的庭园

虽说《上林赋》所描述的内容基本上算是一个想象的世界，但还是可以感受到上林苑的真实模样，可以感受到夸示皇权之力的庭园是多么壮阔。当权者建造园林这种行为后世也未曾中断过。魏时期位于邺城的西园，汇聚了建安文人，以供宴饮作乐，但其具体什么样子已经无从得知了。

西晋当权者石崇，虽不是皇帝，但也有一座金谷园，内中植树万株，宅邸周围泉水流淌，鸟飞鱼游（石崇《思归引序》）。当时有很多逸话，记载着当权者们争奢斗富的事迹，园林也是他们夸耀财富和权力的场所。

南朝时期，宫内有一座华林园，东晋的简文帝曾游于其间 [1]。

> 简文入华林园，顾谓左右曰："会心处，不必在远。翳然林水，便自有濠、濮间想也。觉鸟兽禽鱼，自来亲人。"（《世说新语·言语篇》）

这段话表现出了简文帝对园林的喜爱之情到了何种地步。这与夸耀财富和权力是非常不同的。将自然之景移于人造庭园之内，不必离开都城便能亲近自然，身边的"鸟兽禽鱼"都觉着"自来亲人"，这使简文帝十分喜悦满足。和园内的动物有亲近感，这和庄子

---

[1] 华林园位于南京市玄武区鸡笼山脚下，始建于三国时期，南朝宋时扩建。

在濠水桥上的一番话有关系：

> 庄子与惠子游于濠梁之上。庄子曰："鯈鱼出游从容，是鱼之乐也。"惠子曰："子非鱼，安知鱼之乐？"庄子曰："子非我，安知我不知鱼之乐？"惠子曰："我非子，固不知子矣；子固非鱼也，子之不知鱼之乐，全矣！"庄子曰："请循其本。子曰'汝安知鱼乐'云者，既已知吾知之而问我。我知之濠上也。"（《庄子·秋水篇》）

这段逸话因其有趣的哲理而著名，惠子认为理解别人所想是不可能的，而庄子认为存在的事物有共通性，由自己所想推及开来，而得知别人所想是可能的。于是对话由两人各自不同的认识论而展开。

高深的思辨暂且搁置一边，正如庄子在濠水上知"鱼乐"一样，简文帝在华林园也仿佛觉得可以知道鱼的心情，于是和鱼产生了亲近感。由鱼推及其他动物，遂与其他动物也消除了隔阂，人和动物浑然一体，甚至同庆于园中。从这一点来看，或许庭园也是可以回归原始的一种空间吧。

（3）王维的辋川庄

一开始庭园为皇帝专有，正如上林苑一般，但渐渐的私家园林也多了起来。至唐代，文人在自己的宅邸周围建园成了一种风潮。

其中王维（701？—761？）的辋川庄很是有名。辋川庄是长安南郊的一座别庄，王维选出了二十景，与友人裴迪逐一题以绝句，如《鹿柴》《辛夷坞》等，其在日本也广为流传。对绘画也十分精通的王维还画了一幅叫作《辋川图》的壁画。王维原作已不存，只有宋代以后几位画家的仿作流传了下来。

从这二十首诗作来看，辋川庄里有丘、有谷、有池、有湖。二十景虽是依次环游排列，但其诗却并不是有体系的、连续的，而是各自有着不同的意境，看来作者也意在体会各景不同之处。所以，其诗作体现出不同的自然之美，而且这些诗也没有特意表现作者的姿态，仿佛王维自己已经化作了风景的一部分。再者，辋川诗也未写作者自身的喜悦和执着，没有一句作者内心满足之语。被截取的一幕幕小风景，平稳、清澈，构成了一个个独立的小空间。

其中有首《竹里馆》极为著名，从题目可知，其所描写的是竹林里的一座小建筑：

独坐幽篁里，弹琴复长啸。
深林人不知，明月来相照。

独坐在竹林里，静静地抚琴歌唱，四周密竹环绕，与外界隔绝开来，形成一方清净的空间。甚至没有任何心情，只细细体会这份安闲。但并不孤独，因为上空有轮明月，将一片清光洒下来，这一片清光温柔地把世界包裹起来，人早已与这风景化为一体。

（4）李德裕的平泉庄

中唐时期，李德裕（787—850）在洛阳郊外，围地十余里，建起一座平泉庄。比李德裕晚百年左右的晚唐诗人康骈，曾写过一部传奇小说集《剧谈录》[1]，其中有这样一段记述：

> 平泉庄去洛城三十里，卉木台榭，若造仙府。有虚槛，前
> 引泉水，萦回穿凿，像巴峡、洞庭、十二峰、九派迄于海门江
> 山景物之状。

将水大量引入园内，是平泉庄和当时文人所造之园的不同之处。这座庭园内还收集了大量的奇树和怪石。奇树怪石在描绘宫苑的汉赋中也经常见到，但平泉庄里边的这些东西全是李德裕靠一己之力收藏到的，并且还作诗以咏之。宋代张洎（933—996）笔录宋代贾黄中的言论，辑成一本《贾氏谈录》，里边这样记载道：

> 平泉庄台榭百余所，天下奇花异草，珍松怪石，靡不毕
> 具。自制《平泉山居草木记》。

但在贾黄中的时代，奇花异草早已枯萎，珍松怪石也不知被搬到了何处。《贾氏谈录》中提到了李德裕所作的《平泉山居草木记》，此文可谓是平泉庄中所有之物的名目大观，我们来看其中一段：

> 木之奇者，有天台之金松、琪树，稽山之海棠、榴、桧，
> 剡溪之红桂、厚朴，海峤之香柽、木兰，天目之青神、凤集，

---

[1] 日文原书将此书作者误为高骈，当作康骈，故改。

钟山之月桂、青飔、杨梅，曲房之山桂、温树，金陵之珠柏、
栾荆、杜鹃，茆山之山桃、侧柏、南烛，宜春之柳柏、红豆、
山樱，蓝田之栗梨、龙柏。其水物之美者，荷有蘋洲之重台
莲，芙蓉湖之白莲，茅山东溪之芳荪。复有日观、震泽、巫
岭、罗浮、桂水、严湍、庐阜、漏泽之石在焉。其伊、洛名园
所有，今并不载。

"伊、洛名园所有，今并不载"，是说还有好多东西，在这里就
不叙述了，可以看出作者对此园的自满之情。当然文章的后面还记
载着许多植物和岩石的名称，单从引用的这一段来看，已经可以看
出李德裕对于草木和岩石有种令人惊讶的迷恋。我们暂且不谈李德
裕将珍木奇石作为美的事物来享受，只说凭着这份收集的热情，便
足以支撑其建起这座平泉庄。

　　李德裕作为宰相李吉甫的儿子进入官界，自己也做过宰相，依
靠权力和财富沉迷于收集一事。

　　与汉赋不同，李德裕记载的都是其实际所收藏之物。虽说如
此，但李德裕对其赏玩也大多是在脑海之中。为什么这么说呢？因
为李德裕在平泉庄中并没有度过多少时日，这颇为讽刺。当时朝中
发生了牛李党争，牛僧孺、李宗闵为牛党领袖，李德裕则为李党领
袖。两党之争，其背景之一是藩镇割据势力与中央政权的矛盾。对
于一生起起伏伏的李德裕来说，平泉庄只能算是一个憧憬之地，所
以在李德裕有关平泉庄的诗中，多用"忆"这个字。最终，李德裕
对其所收藏的珍木奇石也未曾玩赏过多长时间，也正因为此，他对
平泉庄的思念更为强烈。

　　李德裕对于庭园的态度，基本上在于对收集之物的留恋上，至于植物和庭石在这空间里如何排列布置，他似乎不怎么关心。而对于收集物品和造园都很拿手，并且还写诗抒发心意的，是白居易。

（5）白居易的履道里

　　白居易对自己的住处特别在意，在长安为官时曾在常乐里租过房子，后来左迁至江州后又在庐山建了一座草堂。白居易这一生，对于住宅有着不同于常人的迷恋。其中最值得一提的，是他人生最后二十年在洛阳城东南角履道里的住宅（第二章第3节）。实现了半官半隐的白居易，在履道里建造了邸宅和庭园。

　　这处宅院占地十七亩，约三千平方米。建筑物占三分之一，池与泉占五分之一，竹林占九分之一。池中有岛，架有桥梁，粮食库、书库、招待客人的琴亭一应俱全。从杭州带回来的天竺石、两只仙鹤，从苏州带回来的太湖石、青莲、折腰菱、青板舫，做刑部侍郎时所得的粮食、书及乐人，全部放置于园内[1]。从其所列之物来看，与李德裕的收集十分不同。李德裕是尽可能多地收集全国珍奇，更像一个收藏家。而白居易则是只选自己喜欢之物，尤其是苏杭之物颇多，看来履道里的这座庭园，风格上有模仿江南风景之处，为的是在更靠内陆的洛阳再现江南水乡那种安稳的自然风光。

　　白居易对于庭园的喜爱有其自己的特征。非如上林苑，夸其大，

---

[1] 《旧唐书》卷一百六十六："乐天罢杭州刺史，得天竺石一、华亭鹤二以归。始作西平桥，开环池路。罢苏州刺史时，得太湖石五、白莲、折腰菱、青板舫以归。又作中高桥，通三岛迳。罢刑部侍郎时，有粟千斛，书一车，泊臧获之习管磬弦歌者指百以归。"

非如金谷园，竟其奢。也不像王维，将诸景分割开来，每一个都别有洞天，也不像李德裕执着于收集。在其诗中，表现出的是一种幸得此园的满足感。详细记载履道里邸宅的《池上篇》这样写道：

十亩之宅，五亩之园。有水一池，有竹千竿。

勿谓土狭，勿谓地偏。足以容膝，足以息肩。

有堂有亭，有桥有船。有书有酒，有歌有弦。

有叟在中，白须飘然。识分知足，外无求焉。

如鸟择木，姑务巢安。如蛙居坎，不知海宽。

灵鹤怪石，紫菱白莲。皆吾所好，尽在我前。

时饮一杯，或吟一篇。妻孥熙熙，鸡犬闲闲。

优哉游哉，吾将终老乎其间。

正如诗中所叙，白居易在履道里过着神仙般的日子。如果其所言都是真的，那真可谓是一个幸福的诗人。不论如何，其诗中的描写，对后世文人来讲也是令人憧憬的生活的方式。

（6）后世的庭园

白居易所处的时代中，除了提到过的李德裕，同样身居高位的裴度，也在洛阳修建过庭园，还召集了一批文士。可见修建私家园林之风的兴盛，文人间也形成了在庭园中作诗唱和的风潮。进入宋代，为园中的亭子起名字，并且写文记述其由来的现象多了起来。明代建园之风进一步兴盛，记述园林的作品进一步增多。如王世贞（1526—1590）的《弇山园记》，祁彪佳（1602—1645）的《寓山注》等等，不胜枚举。

清代曹雪芹（1715？—1763？）的《红楼梦》中，有一座盛大的大观园，是贾家为迎接宝玉的姐姐贵妃元春省亲而建，后来宝玉和黛玉等众姐妹便搬入园中居住。但随着黛玉之死及贾家没落，大观园的乐园之梦也烟消云散了。

第2节　隐居之所

远古时代有鼓腹击壤，远方有华胥氏之国和建德之国，两者是在时间和空间上的远隔之地，是想象中的乌托邦。也有一些希望于现实中建立理想之国的记载，这与日本的隐居之所有些相似之处。

所谓隐居之所，是一种理想乡，是富饶且可以使人们幸福生活的一个地方，是传说故事中经常表现的类型之一。也有一些确实存在的、孤立的村落，如平家落人[1]的传说一样，被称作隐居之所。我们此处借用一下，暂且把与世隔绝、独自生活的共同体统称为隐居之所。

拥有一致的理念而独立生活于世，这使我想起了武者小路实

---

[1]　平家落人是指在源平合战（1180年至1185年间源氏和平氏两大家族之间的一系列战争的总称，也称"治承·寿永之乱"）中的平家败北者，这些人战败后隐遁于僻地。这类平家落人逃往特定地域的传说，俗称平家落人传说。

笃[1]的"新村"和西田天香[2]的"一灯园"。这些团体，程度各有不同，多从宗教中创立而来。中国像这样自成一体的宗教团体也多不胜数。与此不同，为避乱世而率族人隐居的例子也有一些，我们来看一下东汉末期的田畴和唐代中期的元结，这两人曾统帅族人创立了一个小型的共同体。

（1）田畴的乌托邦

东汉末期，三国初期，群雄并起，田畴（169—214）便是这一时期的人物。他先侍刘虞，后侍曹操，因有德义，留名于史。他曾随曹操讨伐荆州，立有军功。但违曹操将令吊唁袁术之子袁尚，后又不受曹操所封官职，遂与曹操交恶。田畴甚至一度做好了被杀的准备，但因其声望很高，曹操最终对其无可奈何。

田畴侍刘虞时，曾作为刘虞的使者出使长安。这期间，刘虞为部下公孙瓒所杀。田畴回来时，首先祭奠了亡主刘虞，并将朝廷写给刘虞的回书呈于墓前。公孙瓒对田畴如此无视自己甚为恼火，本想杀掉他，但部下进言说，杀掉义士有损名声，不如容忍。因对手是义士而容忍这样的事例自古有之。伯夷、叔齐也是这样。另外《史记·刺客列传》记载了豫让一事，豫让因自己的主公为赵襄子所杀，企图复仇，未遂，赵襄子因其为"义人"没有杀他。"义人"这个词，便是《豫让传》中对豫让的称赞之语。

---

[1] 武者小路实笃（1885—1976），日本小说家、剧作家、画家。1918 年在宫崎县山区建设"新村"，宣扬乌托邦思想和人类之爱。

[2] 西田天香（1872—1968），日本宗教人士、教育家。明治三十八年（1905）于京都创立"一灯园"，作为弘法的道场。

田畴免遭公孙瓒诛杀，率族人北归乡里，隐而不出。《三国志·田畴传》这样记载：

> ……畴得北归，率举宗族他附从数百人，扫地而盟曰："君仇不报，吾不可以立于世！"遂入徐无山中，营深险平敞地而居，躬耕以养父母。百姓归之，数年间至五千余家。畴谓其父老曰："诸君不以畴不肖，远来相就。众成都邑，而莫相统一，恐非久安之道，愿推择其贤长者以为之主。"皆曰："善。"同佥推畴。畴曰："今来在此，非苟安而已，将图大事，复怨雪耻。窃恐未得其志，而轻薄之徒自相侵侮，偷快一时，无深计远虑。畴有愚计，愿与诸君共施之，可乎？"皆曰："可。"畴乃为约束相杀伤、犯盗、诤讼之法，法重者至死，其次抵罪，二十余条。又制为婚姻嫁娶之礼，兴举学校讲授之业，班行其众，众皆便之，至道不拾遗。北边翕然服其威信，乌丸、鲜卑并各遣译使致贡遗，畴悉抚纳，令不为寇。袁绍数遣使招命，又即授将军印，因安辑所统，畴皆拒不受。绍死，其子尚又辟焉，畴终不行。

任何时代中央集权的统一权力不强时，像这样的独立政权就会蜂起，他们互相之间不断淘汰，又会建立起下一个政权。田畴的共同体便是出现在这一时期的一个小团体。他与公孙瓒对立，除了复仇这个名分，还包含着权力斗争这一层用意。

但最终，田畴复仇的志向逐渐消失了，并加入了曹营。他自己也说道："畴，负义逃窜之人耳。"据《资治通鉴》记载，田畴隐于山中的时间是初平四年（193），仇人公孙瓒是在建安四年（199）为袁绍所灭，所谓复仇的志向消失，大概是因为仇敌已死，没有报仇的必要了吧。

虽说田畴本是为报仇而临时避难于山中，但他确实创造出一个共同体。如果要找出其特征，首先便是在深山之中险要之地创造一个生活场所。为了积蓄报仇的力量，与世隔绝是必要的，这也与乐园和现世隔绝这一条件相吻合。深山中选择平坦之地，是为了适合农耕，以保证食物充足。在与乐园相关的记述中，也经常会看到一些土地平坦的记载。平坦方能适合农耕，这与乐园的富饶，有丰富的生产性这一条件一致。

田畴入山时带着数百人，后来又召集了一些仰慕者，户数有五千以上。这个集团以田畴为中心，拥有共同的理念。

聚集起人员，形成部落后，田畴为集团能够永存，开始尝试组织化。首先是决定管理者，过程就跟选首领差不多，但必须注意的是，田畴集团的选举有一定的民主性，首领是由住民推举，即从住民中选出管理者，而不是当权者一开始就使用权力做出决定。理想乡，正如后文要论述的桃花源一样，没有以首领为中心的秩序和组织是其特征。但田畴集团正相反，其与一般社会相同，实行制度化。不光是首领，法律的施行，学校的设置，都仿照一般社会，一一创立，这才形成了这个迷你社会。

虽然也施行了一些制度，这与乐园的特征有异，但田畴集团与中国历史上无数小团体还是不一样。不同之处就在于，田畴集团成立之后，没有侵略其他政权，也没有联合其他政权，完全是一种和其他政权无关的存在。换句话说，田畴没有政治扩张的愿望。为保持独立且免受侵略，田畴对少数民族施行怀柔政策。袁绍本欲招请田畴，希望他加入自己，以便扩大势力，好在群雄逐鹿中胜出，但被田畴拒绝。可见田畴集团已经相当巩固和独立。

志同道合的一群人，逃离原先的居住之地，建立起一个免遭周围势力吞并的独立的共同体。这种共同体在历史上有很多，但基本时间不长就被消灭了。其中比较例外的是地处意大利内部的圣马力诺共和国。公元 301 年，一些身份为基督徒的石匠，为躲避罗马帝国对基督徒的迫害而逃到现今的圣马力诺，并创建了共同体。至 17 世纪初，其独立受到承认，国家时至今日依然存在着。

像这样的迷你小国，虽与想象中的乐园和理想乡有着不同的特征，但也是为了避难而建立的一个生活舒心的社会，从这一点来看也可称作"人间乐园"。

陶渊明有首诗，捕捉到了田畴共同体的特殊性：

拟古其二

辞家夙严驾，当往至无终。

问君今何行？非商复非戎。

闻有田子春，节义为士雄。

斯人久已死，乡里习其风。

生有高世名，既没传无穷。

不学狂驰子，直在百年中。

此诗赞扬的是"田子春"的"节义"。《三国志》记载田畴字"子泰"，所以南宋姚宽《西溪丛语》（卷下）认为陶渊明此诗赞扬

的是《汉书·刘泽传》里边出现的田生 [1]。但明代方以智《通雅》
（卷二十），清代顾炎武《日知录》（卷二十七），都认为田生此人并
无高义之名，陶渊明赞扬的一定是田畴。看来姚宽是把字形比较相
像的"春"和"泰"搞混了。[2]

　　其实一读就知道，陶渊明一心一意赞颂的是田畴的人格，并希
望能学习他。赞颂德义，可以留名，留名可使永生成为可能。追求
世俗利益只限于活着的时候，与之相对，留名于后世则可以摆脱人
生只有一次的局限性，田畴死后留名便是这样。留名于后世，是人
生的价值所在，这也是中国士大夫普遍具有的一种愿望。陶渊明对
于田畴的这一点很有共鸣。不过，陶渊明并非总这样考虑。比如，
在《形影神》一诗中，他就以肉体、影、精神三者问答的形式探讨
人的价值何在：

　　　　身没名亦尽，念之五情热。

　　人死则万事全休，名声也不会留下，想到此心情便复杂起来。
陶渊明着眼于死后一切都不复存在这一点，所以对死有所畏惧。但
另一方面，他对生又尽情讴歌，既歌唱死之畏惧，又歌唱生之欢
愉，这是陶渊明文学的本质。

---

[1]　田生，字子春。
[2]　陶渊明此诗中"闻有田子春"一句，有的版本"春"作"泰"，有的在
"春"字后注"一作泰"。关于田畴的字，虽然今本《三国志》里说"田畴，字
子泰"，但唐李贤注《后汉书·刘虞传》时引《魏志》说"田畴，字子春"。有
学者认为，"春"和"泰"是因形近而淆乱，也有像方以智这样的学者认为，
"田子春"改"田子泰"是因晋时避简文帝生母郑阿春讳。——编注

我们关心的田畴集团的问题，陶渊明在其诗中完全没有涉及，只是在赞颂田畴的德义。这也是因为在比陶渊明要早的史书中，对田畴的描写，更注重于田畴的德义，而不是田畴创立了一个共同体。人们认为正是因为其有德义，方能创造出一方太平世界。实现儒家理念的世界，便是中国的理想乡。

类似田畴率众移居山林的例子，同时代还有一些。比如《三国志》同卷，还有邴原、管宁的传，他们率领一族人远迁辽东，定居于深山中。但史书中只对田畴有详细记载，恐怕就是因为田畴有德义。曹操也曾在文书中说过："引身深山，研精味道，百姓从之，以成都邑。"（《三国志》裴松之注引《先贤行状》）

田畴之前也有族人迁徙的例子。我想起了同样姓田的一位先人田横的故事来。刘邦灭掉项羽建立汉王朝，作为对抗势力的田横，害怕被诛杀，率党徒五百人穿越大海，移居到一个小岛上。刘邦对田横实施怀柔，召他入京。于是田横带着两个随从向长安进发。途经洛阳，田横对随从说："我过去烹杀了刘邦的使者郦食其，他的弟弟一定会来杀我。你们拿着我的头颅去见刘邦吧，还能获得一些封赏。"[1]说完，引颈自刎。这两名随从捧着田横头颅去见刘邦，果然受到重赏。在回来的路上，两人也在田横墓前自杀而亡。刘邦认为田横的部下都很优秀，想要招降岛上剩余的五百人。但这五百人

---

[1]《史记》卷九十四："（田横）谓其客曰：'横始与汉王俱南面称孤，今汉王为天子，而横乃为亡虏而北面事之，其耻固已甚矣。且吾亨人之兄，与其弟并肩而事其主，纵彼畏天子之诏，不敢动我，我独不愧于心乎？且陛下所以欲见我者，不过欲一见吾面貌耳。今陛下在洛阳，今斩吾头，驰三十里间，形容尚未能败，犹可观也。'遂自刭，令客奉其头，从使者驰奏之高帝。"

无一肯屈就，全部自杀殉主（《史记·田儋列传》）。

　　史书中记载了田横的部下是如何敬仰田横，田横是如何众望所归，但我们应该注意到，田横是为了避难而率众居于孤岛之上的。岛，在海中，可以说是最与世隔绝之地，本身就具有乐园的特征。而田横并非一开始就为寻找一个乐园，只是这个集团有着共同的目的，那就是寻找一个与世隔绝之处，这与田畴是相同的。史书中并没有记载田畴是田横的后人，但或许因为同姓，在写田畴时史家脑海中多少有些田横的影子。田横、田畴皆以节义著称，中国的这类故事多为对儒家思想的宣扬，但也包含有对创造人间乐园之人的人格的赞颂。

（2）元结的乌托邦

　　为避战乱，迁居至与世隔绝之处，经营和平安稳的生活，在后来的时代中，偶尔也可以看到这样的例子。我们来看看唐代的元结（719—772）。元结是盛唐末中唐初期之人，与杜甫有些交往。他的老师是同族的元德秀，较元结年长一辈。元结中进士（天宝十三载［754］）不久，安史之乱爆发。他曾在战时避难了一段时间，后得到苏源明推举，入朝为官，后因攻打史思明而立下战功。作为一名官吏，元结是有一定经历的。而在文学史上，他曾收集同时代诗人的诗，编纂了一本《箧中集》，还留有一些关于文学的论述，很是知名。盛唐时期，文坛曾掀起过一场古文运动（反对追求形式美的骈文，提倡自由的散文），元德秀、苏源明就是古文运动的先驱。再后来，韩愈等人也提倡古文，元结便是古文的早期作者之一。所以，在稍后古文盛行的时期里，对元结的评价比元结在世时更高。

《新唐书》卷一百四十三有《元结传》，而《旧唐书》无传。一个可
能的原因是《新唐书》的作者欧阳修等人也是古文复兴的提倡者。
需要提一句，《新唐书》中《元结传》多为颜真卿《元君表墓碑铭》
一文的内容。

　　元结为避战乱，带领一家人离开家乡。一开始避乱于猗玗洞
（湖北省大冶市）。据孙望[1]的《元次山年谱》，天宝十五载即为至
德元载（756），正是安禄山攻入长安、唐玄宗逃亡入蜀的那一年。
还有一种说法，元结后来从猗玗洞又迁到襄阳（湖北省襄阳市）。
至德三载，即乾元元年（758），元结率领猗玗洞二百多户迁至瀼
溪（江西省瑞昌市）。《瑞昌县志》卷十九记载，元结一众住在当时
瑞昌县南半里左右的苍城墩。乾元二年（759），得到苏源明推举
入都，在瀼溪蛰居仅一年。但对于元结来说，那一年的时光难以忘
却。他离开之后，在寄给瀼溪家人的诗中吐露了自己的心声。

与瀼溪邻里

昔年苦逆乱，举族来南奔。

日行几十里，爱君此山村。

峰谷呀回映，谁家无泉源。

修竹多夹路，扁舟皆到门。

瀼溪中曲滨，其阳有闲园。

邻里昔赠我，许之及子孙。

我尝有匮乏，邻里能相分。

---

[1]　孙望（1912—1990），江苏常熟人，古典文学研究专家，作家。

> 我尝有不安，邻里能相存。
>
> 斯人转贫弱，力役非无冤。
>
> 终以瀼滨讼，无令天下论。

瀼溪的住民热情接待了从外乡来的人们，创造了一个物质上、精神上大家相互帮助的社会。

但是，像乌托邦一样的瀼溪，不过是离去的元结脑海中所想象的样子。上元二年（761），元结重回瀼溪，人们对他的态度已不同以前，当了官的元结和瀼溪产生了隔阂。

喻瀼溪乡旧游

> 往年在瀼滨，瀼人皆忘情。
>
> 今来游瀼乡，瀼人见我惊。
>
> 我心与瀼人，岂有辱与荣。
>
> 瀼人异其心，应为我冠缨。
>
> 昔贤恶如此，所以辞公卿。
>
> 贫穷老乡里，自休还力耕。
>
> 况曾经逆乱，日厌闻战争。
>
> 尤爱一溪水，而能存让名。
>
> 终当来其滨，饮啄全此生。

过去与元结亲密无间的村民，如今态度大变。当时村民对他热情，是因为元结乃是背井离乡，寄居于此，村民同情他。而如今，他已经是扫灭安禄山残党、手握权柄的高官，村民很难把他看成自己人。元结的困惑与悲伤，鲜明地反映出中国的士与民的隔阂。于是，元结考虑弃官归隐，重新融入村民。

南宋的陆游（1125—1210）看到元结诗中乌托邦似的瀼溪，也写了四首诗。我们来看第一首。

余读元次山与瀼溪邻里诗意甚爱之取其间四句各作一首亦以示予幽居邻里·峰谷互回映

北起成孤峰，东蟠作幽谷。

中有十余家，芦藩映茆屋。

土肥桑柘茂，雨饱麻豆熟。

比邻通有无，井税先期足。

烟中语相答，月下歌相续。

儿童不识字，未必非汝福。

通过读元结的诗，陆游描绘了他想象中的瀼溪。在深山内的一个谷底，静静地坐落着一个小村落。这里土地肥沃，生活安闲。村民们没有私欲，像一家人一般肩并肩地生活着。这种原始的共同体是士大夫眼中的理想乡，官场中是绝对看不到的。诗的末尾提到，不识字的村民与可以舞文弄墨的官员格格不入。不过，这只不过是士大夫所憧憬的生活方式，考虑过弃官不做、重回乡里的元结，最终没有这么做。说到底，这是一个身在官场之人的梦想吧。

第五章　桃花源

第1节　陶渊明的《桃花源记》

（1）桃花源的诞生

提起"中国的乐园"，大家首先都会想起桃源乡，桃源乡已经成了乐园的代名词。日本称其为"桃源乡"，而中国则称其为"桃花源"。那么，我们在这里也改称桃花源吧。一片桃花，几分烂漫，光是听这名字，脑海中就可以浮现出一个远离尘世、美妙绝伦的幻想世界。

诚然，只有桃花源可以代表中国的乐园形象。换句话说，除桃花源外，中国没有其他典型的乐园。桃花源的形象出自东晋陶渊明笔下的《桃花源记》。陶渊明所处的时代，志怪小说非常盛行，这些短篇小说描写的是遇到了与现实不同的世界，但大多为异界探访等不可思议的故事，并没有乐园形象。陶渊明之后，对于《桃花源记》的论述不胜枚举，但与之相似的乐园故事少之又少，或许只有后文将提到的唐初王绩的《醉乡记》是为数不多的一个例外。

乐园文学除《桃花源记》之外十分稀少，这是因为在中国，儒家思想居于主流。士大夫阶层中，都以儒家思想为行动指南，比起对非现实世界的憧憬，人们更关心现实世界。

那么，为什么东晋至南朝这一段时期内会出现这样的作品呢？

第一，晋朝南迁具有重大意义。西晋因受北方少数民族入侵，于317年弃洛阳，迁都建康（南京市），建立了东晋。这以后，至隋统一全国，中国处于南北分治的南北朝时期。在北方，少数民族政权交替频繁，传统文化则被建都于建康的东晋，及南朝的宋、齐、梁、陈等政权继承下来。建康，三国的吴建都于此（当时称为建业），加上东晋与南朝四个朝代，历经六朝，所以这个时代也称六朝时代，与北方诸政权合称魏晋南北朝时期。

在这之前，长安、洛阳一直是中原地区的政治、文化中心，晋朝时政权南移，文化也发生了重大变化。担任传统文化传承的士人们，来到风土人情大不相同的南方，初次知道还有这样一个世界。正如后来西方大航海时代乌托邦文学盛行一样，人们会因对新世界好奇而大书特书。长期居住在北方的士大夫阶层，背离故土，来到一个新的环境中，夸张一点说，这对他们的世界观有巨大冲击。因此，在这一时期才有许多描写来到不思议世界的志怪小说。《桃花源记》也诞生于这一土壤中。传统文化的变革，世界的扩大，为桃花源的空想创造了条件。

第二，作者陶渊明独特的个性。陶渊明的文学创作与当时的主流文学环境相当疏远。六朝时代的文学环境与唐以后是不一样的，这个时期的文学创作比较狭窄、局限。以皇帝为中心，王侯及高官，还有社会上层的人们，大都居住在首都这一中心地区，担负着政治和文化这两副重担。只有陶渊明居住在远离都城的浔阳（江

西省九江市），编织着自己与众不同的文学世界。若说和文学中心
有什么交集，也只不过是和颜延之（384—456）有些交往。颜延
之与谢灵运，时称"颜谢"，是文学界的代表人物。不知从何途径，
颜延之看到了陶渊明的作品，给予其高度评价。身为高官的他，曾
几次远赴地方，其中于东晋义熙十一年（415）、南朝宋元嘉元年
（424），他曾两次见过陶渊明。甚至陶渊明死后，颜延之还写了一
篇《陶征士诔》，以示哀悼。"征士"，指不接受朝廷征聘的隐士，
是对无官职之人的敬称。"诔"，是悼念亡其人，颂其功德的文章。
在这一时代，只有颜延之与陶渊明交好，看不到其他人对陶渊明有
所提及。所以，陶渊明的文学与六朝文学有不同特质，也是因为他
与当时的文学集团没有交集。

　　文化中心的南移、新世界的扩大这一点，与陶渊明个性鲜
明、与众不同这一点，两者相结合，才有了《桃花源记》这篇稀世
佳作。

（2）文与诗组成的《桃花源记》

　　《桃花源记》是由用散文写就的故事和文章之后的诗两部分组
成。我们先来看全文：

　　　　晋太元中，武陵人捕鱼为业。缘溪行，忘路之远近。忽逢
　　桃花林，夹岸数百步，中无杂树，芳草鲜美，落英缤纷。渔人
　　甚异之，复前行，欲穷其林。

　　　　林尽水源，便得一山，山有小口，仿佛若有光。便舍
　　船，从口入。初极狭，才通人。复行数十步，豁然开朗。土

地平旷，屋舍俨然，有良田美池桑竹之属。阡陌交通，鸡犬相闻。其中往来种作，男女衣着，悉如外人。黄发垂髫，并怡然自乐。

　　见渔人，乃大惊，问所从来。具答之。便要还家，设酒杀鸡作食。村中闻有此人，咸来问讯。自云先世避秦时乱，率妻子邑人来此绝境，不复出焉，遂与外人间隔。问今是何世，乃不知有汉，无论魏晋。此人一一为具言所闻，皆叹惋。余人各复延至其家，皆出酒食。停数日，辞去。此中人语云："不足为外人道也。"

　　既出，得其船，便扶向路，处处志之。及郡下，诣太守，说如此。太守即遣人随其往，寻向所志，遂迷，不复得路。

　　南阳刘子骥，高尚士也，闻之，欣然规往。未果，寻病终，后遂无问津者。

诗：

嬴氏乱天纪，贤者避其世。
黄绮之商山，伊人亦云逝。
往迹浸复湮，来径遂芜废。
相命肆农耕，日入从所憩。
桑竹垂余荫，菽稷随时艺。
春蚕收长丝，秋熟靡王税。
荒路暧交通，鸡犬互鸣吠。
俎豆犹古法，衣裳无新制。

童孺纵行歌，班白欢游诣。

草荣识节和，木衰知风厉。

虽无纪历志，四时自成岁。

怡然有余乐，于何劳智慧。

奇踪隐五百，一朝敞神界。

淳薄既异源，旋复还幽蔽。

借问游方士，焉测尘嚣外。

愿言蹑清风，高举寻吾契。

（3）桃花源是一个什么样的地方

渔人沿溪水逆流而上，发现在水源处有一座山，村子就坐落于此山的对面。山有一个小山洞，穿过山洞，视野豁然开朗。但见土地平坦，一户挨着一户，井然有序。有肥沃的田地，灌溉用的水池，茂密的桑竹林。鸡犬之声相闻，街道横竖划一。只是对于来来往往的人们所穿的衣服，渔人还看不习惯。不过老人和孩子脸上都挂着笑容。在渔人眼里，这里的生活多么安稳，这里的人们内心多么平静，好一派田园风光。

乍一看，这桃花源与一般的农村没什么不同，但人们所穿的衣服有些说不清的违和感。由此可见，这个村子并非实际的村子，其美丽风光也是经过修饰的文学描写。

另一个与众不同之处，是老幼脸上浮现出的笑容。当时的农村，恐怕并不富裕，人们也可能面临饥饿，再加上被压得难以喘息的重税，人们脸上应该不会有这么明朗的笑容吧。而从此间人们的笑容来看，那是发自内心的一种喜悦，完全看不出生活上有什么难处，就连最容易遭受不幸的老人和孩子也没有任何不安，和颜悦色地生活着。

在这篇文章中，首先映入渔人眼帘的是平整宽阔的土地。陶渊明只用了四个字："土地平旷。"而继承陶渊明乐园文学的唐初诗人王绩，在其《醉乡记》中用了更多的笔墨描述土地平整："其土旷然无涯，无丘陵阪险。"一般都会认为平坦宽广的土地更适合农业生产。因此，要描述理想乡的富饶，平旷的土地是条件之一。伊甸园，在苏美尔·亚克德语中写作"edinu"，是"平地"之意，看来平地也是乐园的属性之一。

平坦的土地意味着可以丰收，而且收获的粮食也不会被征收。对于征不征税，《桃花源记》中没有记载，但《桃花源诗》中提及"秋熟靡王税"。

除不征税之外，这个村子貌似也没有统治者和被统治者之分。依渔人返回后向太守报告的内容来看，他只是被村民依次请到家中做客，而并没有提到有什么村长之类的。村民身份没有差别这一点，北宋的王安石很早就看了出来。他的《桃源行》诗中有这样一句："虽有父子无君臣。"前文所述古代的乐园、华胥氏之国也是一个不分阶级的社会（第三章第3节）。

没有村长，没有征税，人人平等，没有掠夺，这样的共同体，便成了桃花源。

除没有统治者和被统治者的人为划分之外，《桃花源诗》中还记述了此地没有日历之事。日历本为皇帝所定。当权者制定日历，支配着时间，并以此为人们确定生活秩序。没有统治者的桃花源，在时间上也是人人平等的，人们过着依从自然节奏的农耕生活。

　　居住在桃花源中的村民，没有任何不自由之事，过着安稳的日子，除此之外别无所求。没有生活之苦，没有对将来的不安，快乐地过着眼前的每一天，这就是乐园。没有不寻常的生活，幸福方能实现。

（4）如何才能找到桃花源

　　桃花源乃是由一位渔人误打误撞碰到的地方。那么，他是如何遇见桃花源的？

　　首先，唯一见过桃花源的不是士大夫，而是一位身份为庶民的渔人，即所谓"捕鱼为业"者。请注意这一点。在水边生活的渔人，和生活在山中的樵夫，多作为隐逸者的形象出现。水边、山中也多为隐者所居之地。在志怪小说中，与异界接触之人也经常是渔夫、樵夫。后文将提到的"王质烂柯"的故事，主人公就是砍柴的樵夫。不过，就因为是渔夫或樵夫，或者说就因为在水

蓝孟《桃源渔隐图》
（清华大学艺术博物馆藏）

边或山中居住，便能与异界接触，这个理由似乎不够充分。这些人也不是士大夫阶层，看来应该还有什么能与异界接触的特质吧。

渔人为了寻找河流的源头在哪里，便沿河逆流而上，向远离村镇、与世隔绝之处进发。逆流而上这种行为，或许本身就包含有追寻原始的意味。对于个人来讲，那是追溯自己的诞生，即生命的源头。对全人类来讲，便是追溯过去，探求人类的根源。这是人类的一种欲求。正因为文中未明言渔人为什么要寻找源头，所以才更使人认为探寻本源是人类的本能性的冲动。

沿河溯流而上，从而到达了另一番世界，汉代的张骞就是古代的一个例子。他从西域带回了葡萄和苜蓿，这在史书上有记载。不过，我们暂且看看《博物志》[1]和《荆楚岁时记》[2]里的故事。

话说张骞受汉武帝派遣沿黄河逆流而上，结果遇到了一位正在纺织的女子，旁边还有一位牵牛的男子，正在饮牛。张骞问这是哪里，那位女子说你请回蜀地去问严君平。于是张骞带着这里的一块石头回去见了严君平。严君平告诉他，这块石头乃是织女的支矶石，曾于某月某日撞过牵牛星。那日，恰是张骞遇到织女、牛郎的日子，原来张骞沿黄河逆流而上，最终到了天河，即到了天界。

最近，导演弗朗西斯·福特·科波拉[3]的电影《现代启示录》上映，影片一开始便讲述主人公在越南沿河而上，遇到了一个独立

---

[1]　《博物志》，中国古代神话志怪小说集，西晋张华（232—300）编撰。

[2]　《荆楚岁时记》，记录中国古代楚地岁时节令风物故事的笔记体文集，作者是南朝的宗懔（500？—563？）。

[3]　美国著名导演、编剧、制片人，代表作有经典影片《教父》等。

王国。这部电影改编自约瑟夫·康拉德^[1]的《黑暗的心》，这部书讲述了主人公驾船行驶在刚果河上，进入了一个与西欧社会完全不同的世界。

渔人沿河而上，忽然发现一片桃花林。渔人去的村子被人们称作"桃花源"，其实准确地说来，桃花源应该只是指入口处桃花盛开的一小块地方。穿过桃花林，是从山洞进入村庄的唯一通道，而位于山洞另一侧的村庄本来没有名字，只因为陶渊明这篇文章的题目是《桃花源记》，于是人们把这个村庄称作桃花源。另外，桃花开满，如梦如幻，也会给人一种强烈的美感。

桃，是仙界的一种意向，象征着富饶，这一点无须多谈，而且吃桃有可能长生不老。据传说，汉武帝曾见到了仙界的主人之一西王母，他将桃核偷偷藏在怀里，不想被王母嘲笑，说仙界的桃子三千年一结果，就算带回凡间也种不了（《汉武故事》^[2]）。还有孙悟空扰乱蟠桃大会，受到天罚的故事（《西游记》）。跟桃有关的故事多不胜举。桃是生命的象征，"桃花源"便是生命的根源，沿水而上的渔人来到的既是河水的源头，也是生命的源头。

遇到桃花源而进入一个异次元的世界，此处的笔法与志怪小说无异。文中写"忽逢桃花源"时用了一个"忽"字，在志怪小说中，经常可以看到身处在日常世界中的人忽然进入了异世界。因为时间上的突然，出场人物来不及反应便遇上了从未见过的事物，这

---

[1]　约瑟夫·康拉德（Joseph Conrad，1857—1924），波兰裔英国作家。最擅长写海洋冒险小说，有"海洋小说大师"之称。代表作有《吉姆爷》《黑暗的心》等。

[2]　共一卷，杂史杂传类志怪小说，作者不详，成书年代不早于魏晋。

便是"忽"这一字的用意。

"忽"然进入非日常的世界，登场人物会遇到"不可思议"的事情，这种事情都不是可以用日常世界的道理来把握的，这便是"异"。"忽"和"异"构成的异界故事，是志怪小说固有的写法，《桃花源记》也因袭了这种写法。

在桃林尽头，有山，山有一洞，仿佛在召唤渔人。穿过又窄又暗的山洞，便从现实世界进入了异次元世界，因此这个山洞有着可以通往另一个世界的象征意味。这种构思，在志怪小说中很常见。《太平御览》卷五十四有许多关于"穴"的故事。不仅是志怪小说，像《爱丽丝梦游仙境》[1]中进入仙境，还有芥川龙之介《河童》中的"我"来到河童世界，都设计了穿越洞穴这一情节。只不过，这两部作品的洞穴是垂直的，主人公是从上边掉下来的，而《桃花源记》中的洞穴是水平的。日本各地的寺院中，一些大佛腹内有暗道，从这些暗道钻出来，可以转生[2]，这种设计也是对穿越洞窟的模仿。若说逆流而上是追溯生命之源的行为，那么穿越洞穴，或是穿越腹胎，则有转生的意味。渔人经历了这番历程，来到了与世隔绝的小村庄。

（5）桃花源的人们

从村民和渔人的对话中可以得知村民们住在这里的原因。数百年前的秦代，村民的先人为躲避战乱，来到山中的这个小村落，从

---

[1]　日文为《不思議の国のアリス》，英国作家刘易斯·卡罗尔（Lewis Carroll，1832—1898）所著的著名儿童文学作品。

[2]　日语写作"胎内くぐり"，直译为"胎内穿越"。

此不再与外界接触。因此，衣着也好，风俗也好，一如旧时。

在这个与世隔绝的村子里居住了好几代的村民，面对这个突然出现的外人，问东问西。可见村民的好奇心与现实世界之人无异。村民们还杀鸡请客，这种热情待客的习惯与现今的中国人是相同的。在桃花源这一乐园中生活的人们，其心思和态度，与俗界之人相同，很有人情味。

穿越山洞而遇到的这个小村子，四周全被群山围绕，在漫长的岁月里，村民们不知山外的事情，静悄悄地经营着自己的日子。与世隔绝，不受外界的妨碍和干涉，守护着安稳的生活，这与乐园的条件是一致的。

若说村民与俗世之人不同之处，应该是衣服。但渔人刚进村时就注意到了，"男女衣着，悉如外人"。我们来围绕这一点探讨一下。"外人"这个词在后文中还出现了两次，"遂与外人间隔""不足为外人道也"，这两句都出自村民之口。这两个"外人"指的都是世俗之人，因此"男女衣着，悉如外人"中的"外人"也应该解释为世俗之人，所以这句的意思是衣着也完全与俗世之人相同。若是这样的话，村民的生活情景似乎与世间普通的人们没有任何区别。

但"外人"这个词，需要看从谁的角度来说。后面两处出自村民之口，指的是"桃花源之外的人"，即世间之人。而"悉如外人"这句出自渔人之口，那这个"外人"则应是指"世间人之外的人"，即住在与俗世不同世界中的人。

如此解释的话，"悉如外人"，则是说其衣服是"世间人之外的人"所穿的衣服，那么就是说衣着与俗世之人不同。这样一来，便埋下了后文中村民先人为"避秦时乱",从那时起便一直生活在这里的一条伏线。那么,令渔人的惊异的事情便一目了然,村民的生活状态与其他村庄的无异,唯有衣服却与世人不同。

村民的衣服与一般世界的不同,说明桃花源就不是一般的世界。志怪小说中描写从异界来的人物时,往往首先描写其服装。或红或黄,总是鲜艳的颜色居多。因此服装可以明确表示其人所属的世界。还不知道这是些什么人的渔人,首先注意到他们的衣服,希望能从衣服上找到一些线索,于是他得出结论,这里的人和普通世界之人不同。

但文章并没有说这些人是异界之人,只说与常人不同,并不能只从衣服上判断其为异界之人。正如后文所述,这些村民和普通的人们相比,只是对时代的认知不同罢了。要传达给读者在这里的村民除了衣服之外没有其他与众不同之处这一信息,有一句"男女衣着,悉如外人"真是再合适不过。在后边的《诗》中有一句"衣裳无新制",是说一直穿着以前的衣服,可见在《诗》中也没有说衣服是异界之人的衣服,只是与同一时代的人不同罢了。

(6)从志怪小说到乐园文学

六朝时代,志怪小说盛行,其所叙故事正如"志怪"之名,大多是超自然的事情,反而故事性没有那么丰满。《桃花源记》在陶渊明的文集中可以见到。除此之外,据传为陶渊明所撰的《搜神后记》中也几乎原封不动地收录了这篇文章。若说两者的不同,一个是《搜神后记》中所载的《桃花源记》,最后没有关于刘子骥的记述。刘子骥,名骥之,字子骥。《桃花源记》中对刘子骥的描述算是另一个故事了。另一个区别是在《搜神后记》中，文章后边没有诗。这个问题就比较大了。文集和《搜神后记》中的《桃花源记》，两者之关系，以及孰先孰后，尚有争论。一种推测是，《桃花源记》体裁上还算是志怪小说，所以被收进《搜神后记》里，而且其本身也是陶渊明的作品，因此收进自己编撰的书里再正常不过。且不谈先后问题，单是被收进志怪小说集中，就说明这篇文章与志怪小说的手法很相似。渔人穿过山洞，碰到一个不可思议的世界，这种结构本身就是志怪小说常用的。

但是我认为，即便这样，《桃花源记》也不是志怪小说，而应该被称作乐园文学。

与志怪最大的不同，在于《桃花源记》并没有叙述现实世界不可能出现的事物，在这个看似不可思议的世界中，其故事全都在合理的范围中演绎着。村民的先人秦朝时来到此地，生息繁衍，直到现在的子子孙孙们，完全和普通人无异。从村民对渔人左问右问来看，他们简直就是普通人。从志怪的角度讲，一般异界的人本身便知道自己和常人不同，因此往往对现实人间之人没有太大兴趣。

渔人遇到桃花林，态度与志怪小说中的登场人物差不多，表示"甚异之"，但这片桃花林未必现实中就不可能有。"夹岸数百步，中无杂树，芳草鲜美，落英缤纷"，也不是什么超自然的景象。

渔人在这里住了数日，便告辞离去。数日的时间，会使人不禁猜想，异界和现世的时间会不会有差异。两界有时间差异这种故事经常可以见到。晋代王质的故事比较典型。王质在山中观童子对弈，棋罢，斧柄已朽烂。不知不觉间，时间竟然过了这么久。回到乡里，已无人认识，他这才反应过来已经不知过了多少代。这便是

"王质烂柯"的典故，从中可以很明显地知道仙界和现世的时间有多么不同。时间差异，也是异界之所以为异界的原因之一。但桃花源却没有这种叙述，可见在时间这点上，其没有异界的特性。

临别时，村民和渔人说道："不足为外人道也。"志怪小说中常见的模式是，异界之人禁止俗世之人将他说出去，否则不得超度。但这里有些不同，村民并没有直截了当地命令渔人不准说，而是很温婉地表示不值得一说，这是一种婉转的拒绝方式。

由此可见，《桃花源记》在许多方面的写法与志怪小说很相像，但每次要进入志怪小说的俗套之中时便及时止住了脚步。另外，志怪小说多以不可思议的事情为核心来进行描写，而《桃花源记》不同，在现世与非现实之间，穿插进有趣的故事，作者并没有打算写什么不可思议之事。陶渊明利用志怪的结构，描写着他梦想中的乐园。

桃花源是乐园，"黄发垂髫，并怡然自乐"，老人孩子都快乐无忧。陶渊明通过这则志怪故事表现出的梦想就在那个所有人都能幸福生活的村庄里。志怪小说中，只会有一些不可思议之事，是不会去描写居民的表情和心性的。《桃花源记》中描写了人，描写了生活，描写了一个货真价实的乐园般的村庄，因此，桃花源也便成了乐园的代名词。《桃花源记》，通过陶渊明卓越的表现手法，成了无可争议的文学佳作。

（7）桃花源诗

《桃花源记》之后，有五言三十二句的《诗》，诗中所述梗概与《记》大致相同，没有太大出入，但有几句却不见于《记》。比如"俎豆犹古法"，是说祭祀用的食器一如古代的规定，说明住在这里的人的生活方式还是承袭古代。《记》中只写了衣服古色古香，而《诗》中扩展到了器物，但想表达的意思是一样的。总体来看《诗》只是沿袭《记》，最多是在某几个方面有所补充罢了。而且可以确定，先有《记》，后有《诗》。

内容虽然大致无异，但《记》和《诗》读起来的感觉却大不相同。或许是这个原因，伊藤直哉《桃花源和乌托邦——陶渊明的文学》[1]（春风社，2010 年）及其所引桥川时雄（《陶集版本源流考》[汲古书院，《文字同盟》第三卷]）都认为《诗》的作者另有其人。

我觉得，与其将感觉上有差异的原因归结为作者不同，倒不如考虑一下文体的差异。文体的差异往往能表现作者立场的差异。《记》是故事形式，作者单纯叙述故事，其中不掺杂个人看法。而《诗》则将作者的判断、意见、愿望，换句话说将作者的个性呈现了出来。《诗》的作者从整体上进行把握，根据作者自身对作品赋予某种意义。因此，通过《诗》，反倒更容易明白作者的意图。

那么，在这首诗中，陶渊明又想表达什么思想呢？没有志怪色彩的《诗》，比起《记》来用了更多的笔墨描写农村的样子及农人工作的姿态。第七句"相命肆农耕"到第十二句"秋熟靡王税"，这六句都直接与农事有关。可见《诗》比起《记》来，对不可思议的事情的叙述更少，作者对这乐土般的村庄更感兴趣。

陶渊明在其他诗作中也经常表达对农耕的向往之情。比如《劝农》，说明了农业对于人类的重要意义，是一首表达陶渊明农业观的代表作。其中一部分所表达的意义与《桃花源诗》是相同的。这

---

[1]　日文为《桃源郷とユートピア——陶淵明の文学》。

首诗很长，我们来看其中一部分：

> 熙熙令德，猗猗原陆。
> 卉木繁荣，和风清穆。
> 纷纷士女，趋时竞逐。
> 桑妇宵兴，农夫野宿。

教民稼穑的周始祖后稷，亲自参与农事的舜、禹，以及深受其影响的农村面貌，在诗中都有描写。虽然勤于农事，但没有丝毫痛苦。人类生存的基础是农业，勤于农事，方能有和平、充实的生活姿态。这也是桃花源人生活的姿态。

另外，陶渊明《庚戌岁九月中于西田获早稻》[1]一诗中有这样一句：

> 晨出肆微勤，日入负禾还。

"肆"是"做"之意，有劝勉勤于农事的意味，"日入"提示干完一日农活而归。这句诗与《桃花源诗》也有意思暗合之处。

陶渊明关于农村和农耕的诗大致与《桃花源诗》相同，多描写农夫的姿态。而陶渊明的田园诗与历来的田园诗不同，历来的田园诗只是写作为城市对立面的田园，写作为仕官对立面的隐逸。而陶

---

[1] 诗题中"早稻"在今存陶集各古刻本中皆如此，但据有的学者考证，"早稻"当作"旱稻"为是。见袁行霈：《陶渊明集笺注》（修订本），北京：中华书局，2022年，第222–223页。——编注

渊明并非只描写这些空想中的田园，他笔下的田园是具体的，栩栩
如生的，具有实在感的。在给予肉体和精神以欢愉的歌颂中，表达
了从事农业才是人的生命根源这一理念，而这一理念也是陶渊明精
神世界的基础。

陶渊明的田园诗还有一个特征，那就是他笔下描写的农活都是
大家一起在做。比如《癸卯岁始春怀古田舍二首》之二：

秉耒欢时务，解颜劝农人。

以及

日入相与归，壶浆劳近邻。

在陶渊明的诗中，他反复表现了从事农事的欢愉和与农夫们的
交流，这与桃花源的村庄有诸多相似处，包括《桃花源诗》中对于
农事的记述，这些都是陶渊明田园诗的着眼之处，是陶渊明的文学
风格。

《记》中有"男女衣着，悉如外人。黄发垂髫，并怡然自乐"
一句，是将所有村民用"男女老幼"来表示。《诗》中有"童孺纵
行歌，班白欢游诣"，比起《记》来，这里对村民行为的描述更具
体一些，但也还是用老幼来代表村民。可见陶渊明更看重老幼，这
是因为幼儿和老人代表弱者，桃花源则是一个连弱者都能愉悦的
社会。

由此可见，《记》着重叙述渔人的见闻，《诗》则直接抒发作者

自己的感想，通过《诗》,《记》想要表达的意思也更加鲜明地表达了出来。

第 2 节　形形色色的桃花源

陶渊明的《桃花源记》作为在中国文学里几乎是唯一一篇描写理想乡的作品，被后世代代传颂。但由于时代不同，对这篇文章的理解也各有不同。我们看看不同时代中，人们是如何理解桃花源的。

（1）王绩的《醉乡记》

唐初，受南朝影响，宫廷文学作为一种讲求华丽美的文学形式还占有很大比重。而王绩（585—644）的创作则是一种基于民间的独特的文学。王绩十分敬仰陶渊明，文学上也有意模仿陶渊明，到现在为止，王绩是已知的最早模仿陶渊明的人。比如王绩的《五斗先生传》是模仿陶渊明的《五柳先生传》，王绩的《自撰墓志铭》是模仿陶渊明的《自祭文》。除了模仿陶渊明的文章，他在诗词上的措辞用字也有很多陶渊明的影子。

王绩的《醉乡记》，在中国的理想乡文学中是不可忽视的一篇文章。甚至在日本平安时代还有改写这篇文章的作品，可见其流传之广。

醉之乡，去中国不知其几千里也。其土旷然无涯，无丘陵阪险；其气和平一揆，无晦明寒暑；其俗大同，无邑居聚落；其人甚精，无爱憎喜怒，吸风饮露，不食五谷；其寝于于，其行徐徐，与鸟兽鱼鳖杂处，不知有舟车械器之用。

昔者黄帝氏尝获游其都，归而杳然丧其天下，以为结绳之政已薄矣。降及尧舜，作为千钟百壶之献，因姑射神人以假道，盖至其边鄙，终身太平。禹汤立法，礼繁乐杂，数十代与醉乡隔。其臣羲和，弃甲子而逃，冀臻其乡，失路而道天，故天下遂不宁。至乎末孙桀纣，怒而升糟丘，阶级千仞，南向而望，卒不见醉乡。武王得志于世，乃命公旦立酒人氏之职，典司五齐，拓土七千里，仅与醉乡达焉，故四十年刑措不用。下逮幽厉，迄乎秦汉，中国丧乱，遂与醉乡绝。而臣下之爱道者，亦往往窃至焉。阮嗣宗、陶渊明等数十人，并游于醉乡，没身不返，死葬其壤，中国以为酒仙云。

嗟呼，醉乡氏之俗，岂古华胥氏之国乎？其何以淳寂也如是？今予将游焉，故为之记。

王绩常有仿陶渊明之作，所以有人认为《醉乡记》也是依据《桃花源记》的立意而写就的，其实这篇文章的主旨与桃花源的内容不大相同。桃花源是渔人误打误撞碰到的，是与现实世界相连的，而醉乡则同远古时代的理想乡相同，是一个异次元的世界。

文章所描述的情况，正如王绩自身所言，和华胥氏之国非常相似。没有明暗、寒暑之变，没有时间和季节，居民也没有感情，这就没有人的特性。《桃花源记》中的人们快乐地活着，但《醉乡记》

中的人们没有喜怒哀乐。虽说生活安稳，但却是一个不太令人向往的国度。

王绩还是想通过自己之手再现桃花源，但结局却成了华胥氏之国。桃花源的形象似乎也只有陶渊明可以造就，王绩虽有此意，却写出了一个别的东西。这也证明了陶渊明的《桃花源记》多么与众不同。也正因为与众不同，所以难以把握，以至于王绩又绕到了与桃花源只有些相似的早被人写过的华胥氏之国上去了。

（2）王维的《桃源行》

值得注意的是，唐代代表诗人王维、韩愈、刘禹锡，都有直接描写桃花源的诗，但全都把桃花源写成了仙界。

王维的《桃源行》中，诗题之下有"时年十九"一句。盛唐、中唐诗作中记述写作年龄的作品并不少见，诗人十几岁时写的诗作也很多。这说明了虽年少亦有佳作，但一般也认为记述年龄的作品多为习作。如此看来，可以推测《桃源行》是当时流行的诗题，写这个题目的作品有很多。

诗基本上是沿袭《桃花源记》而展开，其笔下的桃花源是在王维诗中经常可见的美丽农村的样子。但其主要是描写风景，对作为桃花源重要元素的村民的幸福生活的描写则不多。

> 居人共住武陵源，还从物外起田园。
> 月明松下房栊静，日出云中鸡犬喧。

至中篇，则与《桃花源记》迥异。

初因避地去人间，及至成仙遂不还。

这是说桃花源的村民都成了仙。《桃花源记》及末尾的《诗》，完全不曾提到神仙或成了神仙。不只是王维，唐诗基本上都把桃花源写成了仙界。

王维还有一首《蓝田山石门精舍》，写的是拜访寺庙的经过。最后这样写的：

笑谢桃源人，花红复来觌。

这是把寺中的僧人比作了桃花源人。仙界也好，寺院也好，都是远离红尘的清修场所。在王维眼里，桃花源就是这样的地方。

（3）韩愈的《桃源图》

韩愈（768—824）有《桃源图》一诗。从这首诗中，可以了解到唐代绘画作品中的桃花源的模样。诗这样写道：

神仙有无何渺茫，桃源之说诚荒唐。

神仙也好，桃花源也好，都是荒唐无稽的。这正是反道反佛、信奉儒家的韩愈的风格。盛唐的王维将桃花源比作仙界，但没有说仙界是否存在。这并不是因为他确信仙界存在，而是因为他根本没有把是否存在当作一个问题。中唐的韩愈却并未回避这个问题，而是明确否定了其存在的可能。这对宋代诗人产生了影响，韩愈也成了提出这一观点的先驱。

（4）刘禹锡的《桃源行》

与韩愈同时代的刘禹锡（772—842）也有一首《桃源行》。比起王维、韩愈来，刘禹锡的这首《桃源行》更接近《桃花源记》的原貌，但也还是将桃花源看成了仙界：

> 仙家一出寻无踪，至今流水山重重。

还有：

> 俗人毛骨惊仙子，争来致词何至此。

再如：

> 筵羞石髓劝客餐，灯爇松脂留客宿。

在桃花源，请客人吃的都是仙界的食物。刘禹锡始终把桃花源看成是仙界。

在刘禹锡的《桃源行》中，更加引人瞩目的是，来到桃花源的渔人想要回到俗界这一部分。这是《桃花源记》中没有的。

> 渔人振衣起出户，满庭无路花纷纷。
> 翻然恐失乡县处，一息不肯桃源住。

　　　　桃花满溪水似镜，尘心如垢洗不去。

　　如果桃花源是仙界，那本身就不是渔人这种俗界之人可以定居的地方。但若说是渔人自己想回去的话，那么桃花源便失去了理想乡的性质。

　　不仅是渔人，甚至连桃花源中的居民，似乎都后悔来到这里居住。

　　　　因嗟隐身来种玉，不知人世如风烛。

　　不仅是来访者，连原住民都在"嗟"叹，看来这里还真不是理想之乡。但也并不是说俗界就好，俗界也是"如风烛"。结果，似乎住在哪里都不算太好。唐代诗人并非都像刘禹锡这么悲观，多数《桃源行》都是通过对桃花源的描写，将梦想寄托于桃花源的。但像刘禹锡这样杰出的文人是渴望能提出桃花源幻灭这种别出心裁的见解的。

（5）王安石的《桃源行》

　　既是能代表一个时代的杰出文人，又是身居高位的官僚，这种人物从中唐开始渐渐出现，但在宋代，却极为平常。最典型的应该是王安石（1021—1086），作为变法派的领军者，他坚决实行经济改革，是一名杰出的政治家。另外，他又是唐宋八大家之一。王安石也有一首题为《桃源行》的诗。这首诗也基本沿袭《桃花源记》的记述，但不同之处在于，王安石首先提出桃花源是一个没有君臣之别的平等社会这一观点：

> 儿孙生长与世隔，虽有父子无君臣。

《桃花源诗》中有一句，"秋熟靡王税"，秋天丰收了朝廷也不要求征税，这里边本身就包含了君臣无别的意思。另外从渔人不分先后地挨家做客中也可以看出村民没有身份的差别。可见王安石的着眼点归根结底还是作为政治家的着眼点。

王安石的《桃源行》，与其说是关注个人的生活方式，不如说是更关心历史整体的存在方式，这首长诗也是以此结束：

> 重华一去宁复得，天下纷纷经几秦。

（6）苏轼的桃花源

苏轼（1037—1101）属于守旧派，政治上与王安石对立。他用次韵（按照原诗的韵和用韵的次序来和诗，次韵就是和诗的一种方式）将陶渊明的诗全部和了一遍，遂有了一部《和陶诗》，其中一首是《和桃源诗序》，也就是说在和《桃花源诗》的诗前，苏轼首先写了一篇序。这篇序中鲜明地表达了苏轼对于桃花源的看法：

> 世传桃源事，多过其实。考渊明所记，止言先世避秦乱来
> 此，则渔人所见，似是其子孙，非秦人不死者也。又云杀鸡作
> 食，岂有仙而杀者乎？旧说南阳有菊水，水甘而芳，居民三十

余家，饮其水皆寿，或至百二三十岁。蜀青城山老人村，有见五世孙者。道极险远，生不识盐醯，而溪中多枸杞，根如龙蛇，饮其水，故寿。近岁道稍通，渐能致五味，而寿益衰，桃源盖此比也欤。使武陵太守得而至焉，则已化为争夺之场久矣。尝意天壤间若此者甚众，不独桃源。

正如苏轼所言，陶渊明在《桃花源记》中没有一句是写非现实的事情。这篇序的主旨也是强调桃花源是实际存在的。

首先苏轼列举了南阳和蜀地的一些实际存在的长寿村，作为桃花源实际存在的证据。而且苏轼还科学地分析，长寿的原因是水好，而且吃盐少。这体现了宋人的理性思考。

苏轼是围绕桃花源是否存在这个问题展开讨论的。宋人还有一个围绕"夜半钟声"而展开争论的例子，与此很像。唐代诗人张继（715？—779？）的《枫桥夜泊》，脍炙人口，其中有"夜半钟声到客船"一句。宋代欧阳修指出，寺庙之内半夜不会撞钟，因此此诗不实（《六一诗话》）。而宋代一些文人们，说记得在什么地方的庙里亲自听到过半夜有钟声，还翻出文献来，说在某某书中也有夜半钟声的记载，以此来反驳欧阳修。欧阳修也好，反对者也好，是围绕是否有"夜半钟声"这一事实进行争论，说明宋人是尊重事实的。苏轼讨论桃花源是否存在也是一样的。

但细细考虑苏轼的文章，却有矛盾之处。比如说长寿村这个例子，陶渊明并没有说桃花源的人们都长寿，苏轼也没说桃花源是长寿村。反而他还说秦代的人不会像神仙一样长寿，一直活到现在。但为了说明这一点，苏轼拿长寿村举例，于理不合。不过于理虽不合，于情倒也说得通。在偏远的村落里，存在着与其他地方不同的独特的生活方式，这是有可能的。在序的最后，苏轼也发出感叹，这些特别的村落与外人一接触就会变得不再特别，变成争名夺利的地方了，桃花源的独特之处就在于这是一块没有争名逐利现象的安稳的场所。

（7）寓意说

至南宋，又出现了一种新的解释。洪迈（1123—1202）的《容斋随笔》（《三笔》卷十"桃源行"条）着眼于避秦乱而移居山中这一点，说明了陶渊明自曾祖父陶侃以来，世代受到晋朝恩义，因此拒绝出仕宋，流露出对宋武帝刘裕夺晋的批判。

> 陶渊明作《桃源记》云源中人自言："先世避秦时乱，率妻子邑人来此绝境，不复出焉，乃不知有汉，无论魏、晋。"系之以诗曰："嬴氏乱天纪，贤者避其世。黄、绮之商山，伊人亦云逝。愿言蹑轻风，高举寻吾契。"自是之后，诗人多赋《桃源行》，不过称赞仙家之乐。唯韩公云："神仙有无何渺茫，桃源之说诚荒唐。世俗那知伪为真，至今传者武陵人。"亦不及渊明所以作记之意。按《宋书》本传云："潜自以曾祖晋世宰辅，耻复屈身后代。自宋高祖王业渐隆，不复肯仕。所著文章，皆题其年月。义熙以前，则书晋氏年号，自永初以来，唯云甲子而已。"故五臣注《文选》用其语。又继之云："意者耻事二姓，故以异之。"此说虽经前辈所诋，然予窃意桃源之事，以避秦为言。至云"无论魏、晋"，乃寓意于刘裕，托之于秦，

借以为喻耳。

　　因东晋王朝对其有恩义，所以他不仕南朝宋，从陶渊明不使用南朝宋的年号而只用干支来纪年这一点便可知晓。宋代以来，很多诗话中都说明《宋书·陶渊明传》有许多与事实不合之处，并加以否定。洪迈除了认同这一点外，还认为《桃花源记》中表现了陶渊明对东晋王朝的忠义。躲避秦朝的战乱，也是暗喻作者在避"宋"难。对于洪迈的这一解释，北宋末至南宋初的诗人胡宏（1105？—1161？，字仁仲）在其《桃源行》一诗中也表达了相同的认识。胡宏的《桃源行》（《五峰集》卷一）中有一部分这样写道：

> 闻说桃花更有源，居人共得仙家趣。
> 之子渔舟安在哉，我欲乘之望源去。
> 江头相逢老渔父，烟水苍苍云日暮。
> 投竿拱手向我言，桃源之说非真然。
> 当时渔子渔得钱，买酒醉卧桃花边。
> 桃花风吹入梦里，自有人世相周旋。
> 酒醒惊怪告俦侣，远近接响俱相传。
> 靖节先生绝世人，奈何记伪不考真。
> 先生高步窘末代，雅志不肯为秦民。
> 故作斯文写幽意，要似寰海杂风尘。
> 不然川原远近蒸霞开，宜有一片随水从东来。
> 呜呼神明通八极，岂特秘尔桃源哉。
> 我闻是言发深省，勒马却辞渔父回。

当然，胡宏说他见到了这个渔人，自然是虚构的，这只是他自己这样说罢了。而关于《桃花源记》这一作品蕴含了陶渊明为节义之人这一寓意的说法，胡宏提出的比洪迈还要早。

北宋开始至南宋，出现了很多认为《桃花源记》是寓意之作的见解，这也反映了这一时期的思考。寓意说来源于强调陶渊明的忠心，而随着宋代理学的发展，不仕二朝这一士大夫理念也愈发严格起来。比如五代的冯道，在五代不断变换的朝代中都有过出仕，而且身居高位，他自己在《长乐老自叙》中还得意扬扬。刚进入宋代的一段时期内，他也没有受到过丝毫批判。但欧阳修、司马光等人却把他作为一个较早的不忠的例子加以批判，把他看作是不忠的典型，十分瞧不起他。还有，西汉的杨雄，宋代初期提倡古文复兴的人把他看作是古道的继承者，给予他很高的评价。但他后来出仕于篡汉的王莽新朝，开始成为被批判的对象，至南宋朱熹时，杨雄的地位一落千丈。反而杜甫却因为其文学和人格非常符合儒家理想，地位不断提高，最终被奉为诗圣。因此，《桃花源记》被解释为含有节义之士的寓意，与宋代这种思潮的发展也是息息相关的。

进一步说，从胡宏和洪迈的解释中可以看出，他们将作品和作者看作是一体的，而且也有着要求作者必须人格高洁的态度。他们的寓意说，源自他们对于陶渊明作为高洁之士的崇拜。一个文人，要有高尚的人格，这一认识在那个时期内也越发明显。但对于陶渊明，即便到现在，也仍未能彻底摆脱某些偏见。

结语——今天对于桃花源的追寻

第1节　中国的乐园

中国人一直追求着另一个世界。在那个世界里，没有无法摆脱的不安和困苦。但在中国人的理想中，有一些与乐园世界不同的独特的境界。其中之一是仙界。成仙便能永生，跟其他愿望相比，人们最希望的是长寿，这便是求仙思想。

然而求仙遥不可寻，难以实现，因此隐逸则成为脱离现世更为实际的行为。与隐逸对立的是仕官，而是否去做官也只是士大夫阶层的一种选择，与庶民无关。

对于神仙或隐逸的希求，是中国特有的情形，两者都是实现自身幸福的手段。而与之相对，以华胥氏之国为代表的古代的理想乡，则是一个可以使所有人实现幸福的世界。理想乡来源于老庄思想，在其观念中包含着否定作为人的诸多要素这一特点，体验了华胥氏之国的黄帝，虽然回到现世构筑起太平盛世，但其本身是作为王而君临天下，因此他的国家与现实中的国家有着相同的组织结构。中井履轩在《华胥国物语》中更是明确提出，黄帝构筑的国家，只不过是为政者站在自己的立场上，以构建更好的社会为目标而创造的产物罢了。

我们再反观一下"另一个世界",追求个人幸福的乐园和追求全体幸福的乌托邦,两者都被赋予特殊的意义。即使个人幸福和全体幸福无法截然分开,也总是在两者间有所偏重。

不过像《诗经》中的"乐土",虽然我们无法从诗中得知其究竟是个什么样的地方,但也可想象出那里应该是个人和全体都可以安乐生活之所在。《乐土》这首诗,只是在反复表达对乐土的向往之情,可见这种思想已经渗透进人们的心里,成了一种共鸣。而在后世,却没有围绕"乐土"而展开的文学作品。《诗经》里的大部分作品本来就是民间的诗歌,其中的《乐土》也表现了庶民中有着浓厚的"乐园幻想"。

描绘个人和团体都得到了幸福的作品是陶渊明的《桃花源记》。而后世几乎没有相似的作品,这反映了在士大夫阶层内很难产生类似陶渊明的思想。士大夫首先关心的是现实的政治问题,即便梦想着另一个世界,也无非是国家太平或个人安乐这两者之一,而对触及人类存在的根本问题的乐园,士大夫们并没有去寻求。

第2节　桃花源这一乐园

我们通览了后世围绕《桃花源记》而写就的一些言论,得出了一个结论,即这篇作品被赋予的意义因时代的不同而不同。唐代对于桃花源停留在"仙界"这个认识上,而且并不认为那一定是个人人向往的世界，甚至有些唐诗还表达了不只是去过桃花源的渔人，连桃花源的村民也渴望回到俗界的意思。至宋代，苏轼拘泥在桃花源是否真实存在这个问题上，他强调桃花源那样的村落在现实中是存在的。南宋针对《桃花源记》则出现了寓意说，认为不出仕南朝宋的陶渊明是"节义之士"，为避秦乱而身处与世隔绝之地也成了一种暗喻。

从以上的叙述中，我们可以知道对文学作品的解读是可以反映某一时代的精神和要求的。本来对于古典文学作品，不论在哪个时代都可以有不同的解读，正因为如此，各个时代中涌现出的作品才会不断地被人们欣赏着。如果对作品的理解一成不变，那么文学是没有生命力的。

如果对于文学作品，每个时代都可以有不同的解读，那么时至今日，我们又可以对《桃花源记》做何种解读呢？通过《桃花源记》我们又能看到一个怎样的理想乡呢？

我们已经知道，《桃花源记》虽借用志怪小说的形式，但从其价值上看却是只属于陶渊明的一篇作品。那么是什么使得陶渊明创作出这样的佳作呢？让我们再重新思考一下。

他的另一篇代表作《归去来兮辞》，可以成为寻找的线索。在序言部分，陶渊明一一记述了曲折的辞官经历。自己为生活所迫，不得不听从他人建议而出仕为官，但总是觉得做官不适合自己。想辞官，却又下不了决心。而一个偶然的机会，他辞去了彭泽县令一职。虽然之前，是走是留，犹豫不决，但在彭泽县令任上，他下定决心，彻底与官界划清界限，回归故里。《归去来兮辞》便是他多年徘徊后，告别官场的一篇宣言。

　　决心回归故里的原因是，陶渊明希望按照自己的方式去生活，不希望受到来自外界的妨碍。换句话说，在官场中，是没办法按照自己期望的方式去生活的，活出自我，在官场中无法实现。

　　陶渊明叙述了自己回归故里后，在家人和邻里这一小团体中，获得了无限欢愉。他描写在小团体中获得安稳生活的作品有很多。官界-田园，在这一对立的两面中，只有选择田园，才能找回人的应有的存在方式。这是陶渊明文学的主旋律。

　　虽然他在自己的文学世界中，构筑了官界-田园这一对立面，但在他描述的田园生活中，却没有他想要的隐的姿态。从事农活，与农民打交道，实际情况远不是文学作品中那一副被净化了的景象。现实中会牵扯到太多事情，而陶渊明对冷漠、恶意又极其敏感。因此，我们屡屡可以看到他作品中出现的对于人情冷漠的叙述。如《形神影三首·形赠影》中的"奚觉无一人，亲识岂相思"，是说谁都会死去，偶尔来这世间走一遭，转眼便去了另外的世界，不再复回。在《拟挽歌辞》中，他想象着自己已死，亲戚在荒野中为自己送葬后回去的情形。第三首有一句，"亲戚或余悲，他人亦已歌"，陶渊明认为，或许亲戚还有些悲伤，而他人早就将自己的死置于脑后而去歌唱了。这倒也不是说谁比较冷漠，只不过人这种生物本来就不过如此。

　　《拟古九首》第六首中，诗人本打算去齐国，收拾好行囊准备出发时却犹豫起来，只因"不怨道里长，但畏人我欺"。

　　这两句诗，一句是说死后立刻会被人忘掉，一句是说被信赖的人背叛。这就是陶渊明的人生观，不光是官场，就连现实中的农村，他也不认为是一个人人都有善意的地方。他笔下的人与人和谐相处、安稳生活等场面，只不过是他的愿望。不只是在官场中生存艰难，只要有人群，不管在哪里，个人也无法十全十美地生活。

　　但现实世界中，离开群体是无法生存的。而在群体中，个人的生活必定会受到损害——这是人类的本质，一个永远无法解决的难题。消除了个人与团体根源上的矛盾，个人在属于团体的同时也可以幸福地活着，这样的世界，难道不正是桃花源吗？在桃花源这个团体中，每个人不正是"怡然自乐"地生活着吗？

　　个人的安乐，集团的和谐，两者都得以实现，方可谓桃花源。桃花源是将实现了个人幸福的乐园和实现了团体幸福的乌托邦合二为一的世界。而这样的世界，也只是一个梦想，只能在文学作品中被描绘。但即便只是梦想，对人们来讲，也是一个美好的梦想。人们正是怀着梦想总有一天会实现的信念，才会边摸索边在这个现实世界中生存着。我们追求的桃花源，应该就是这样一个世界吧！

后　记

　　中国人心目中的乐园是什么样子的呢？我们从古代的理想国到陶渊明的桃花源，做了通览。一言以蔽之，这些全都是以追求幸福为目的的世界。只是幸福因人而异，不同时代和地区的人们所向往的幸福也各有不同。正因为如此，寻求乐园与寻求人生与世界的价值观之间是有相通之处的。

　　当然，陶渊明所描绘的桃花源也传入了日本。我们熟识的具有东方色彩的乐园，还有夏目漱石在《草枕》[1]中勾勒的世界。艰难地翻越过山，画工来到一座叫作那古井的小村庄。这座小村庄与世隔绝，中间有座温泉旅馆。画工"从容不迫地驾着一叶扁舟去寻找桃花源"，他完全沉浸在这里。《草枕》所提供的世界，是日本人追求的脱俗之地。但与中国的桃花源相比，则大有不同。不同之处在于《草枕》的世界使人觉得太缺乏社会性，只是追求在远离尘世的世界里享受个人安乐。

　　但《草枕》这篇小说绝不简单。作品一直在描绘"非人情"世

---

[1]《草枕》是日本作家夏目漱石（1867—1916）创作的中篇小说，讲述一位青年画工为逃避现实世界，隐居于远离闹市的山村中，寻找"非人情"美感的一段经历。

界，却在结尾突然浮现出"人情"来。看到前夫失魂落魄、穷困潦倒的那美，脸上闪过一丝"怜"态。漱石用的这个"怜"字，并非可怜之意，这里与中文里的许多用法相同，作"吸引"解释，是说那美看到前夫沦落到与自己地位相同的地步，产生了共鸣，因而不由得注目于前夫的姿态[1]。她的脸上首次出现了含有感情的表情。画工看到这一幕，欣喜非常，认为这一幕可以成画。小说于此处戛然而止。可见小说一直都在标榜非人情，却在最后转归于人情。这是一篇立足于非人情与人情的小说。

这样的小说技法很超前，带有一定的实验性，或说是不可靠性。

前文提到过的芥川龙之介的《河童》，也描绘了另一个世界。但这不是理想的乌托邦世界，而是处处点缀着对当时日本社会的讽刺。这篇作品也说明乐园文学中会包含一些对时代的批判。《河童》的语言既幽默又富有知识和理性。在日本近代文学中，讽刺文学地位突出，应该说《河童》也是一篇讽刺文学作品。

那么在今天的文学世界里，"乐园"又被描绘成一副什么样的姿态呢？什么样的小说又可以被称作乐园文学呢？我曾读过小野正嗣[2]的一系列小说（《背负热闹海湾的船》[2002 年]、《狮渡之鼻》

---

[1]　在小说中，那美遇到了两个男人，一个是她在京都上学时的相识，另一个是当地城里的财主。她希望嫁给前者，父母却逼着她嫁给财主。但财主只是看中她的相貌，两人根本合不来。后来财主的银行倒闭了，她便离开丈夫回到了村子里。

[2]　小野正嗣，1970 年出生于大分县。日本小说家，比较文学研究者，法国文学研究者。2015 年，以作品《九年前的祈祷》（《九年前の祈り》）获得第152 届芥川文学奖。

[2013 年] 等 [1] ），小说以海湾为舞台，描写着大人们、孩子们的生活，虽然谈不上幸福，却也亲密无间、其乐融融。我在读这些小说时认为这就是乐园文学。但那个乐园并不能说是"有乐无苦"的。为什么当时我会把它当作乐园，我自己内心也没有想清楚。这个时代，无法简单地分解其中某个要素，这也反映了在当今的时代，很难只着眼于某一方面。乐园文学是可以反映现世的一面镜子。但即便如此，它又如同一个带有整体性的生命体出现在人们眼中，不会被一眼看透，这也是文学令人肃然起敬之处，是文学的魅力所在。

　　写这本书的地方，对我来讲也可称得上是乐园。这段时间我没有住在日本，因此免掉了许多日常杂事，也从各种束缚中解脱了出来。另外，托周围人的福，我们互相理解，互相勉励，让每一天的生活充实而有活力。2012 年秋季，我开始在中国台湾大学讲学，其中有数次课，讲的就是乐园。每次授课，都得到了柯庆明教授、朱秋而教授的帮助，他们还给我提出了很多宝贵的意见。期末报告中，也收到了许多以乐园为题的力作。最初接待我的是陈明姿教授，我必须向陈教授以及台湾大学的其他师友表示感谢。

　　第四章《人间乐园》第 1 节《庭园》，其中"李德裕的平泉庄"这一部分，我参考了二宫美娜子（京都大学）老师的博士论文《中国唐代"园林"文学研究》，受益良多。关于插图，我总是麻烦精通中国绘画的宇佐美文理老师（京都大学），这一次宇佐美老师也爽快地答应了。

---

[1]　日语书名为《にぎやかな湾に背負われた船》《獅子渡り鼻》。

　　林田慎之助先生给我介绍了讲谈社的铃木一守先生，本书的编辑工作我便烦请铃木先生多多帮忙了。其实我与铃木先生在这之前就认识。曾经在滨松市的一个风格有些奇特的私塾里，我们是相差几年的同学。斎藤塾的事情我有专文另叙（《记十多岁的读书生活及斎藤让三先生二三事》[1]［神户大学《未名》29 号，2011 年]），我万没想到从此会和斎藤先生结缘。接替铃木先生工作的是所泽淳先生，他也很细心地向我提出了许多意见。我在写下这些名字时，又想起了许多先师、挚友，以及他们对我的恩惠。除了直接帮助我的各位师友外，我也从许多先行研究的著作中学到了许多。我为不能一一提及而抱歉，同时也献上最深挚的谢意。

川合康三

2013 年 7 月于台北温州街宿舍

---

[1]　日文作《十代の読書、併せて齋藤讓三先生のこと》。